BASTEI
LÜBBE

D. Thieme

HEDWIG COURTHS-MAHLER

NUR DICH ALLEIN

BASTEI LÜBBE

BASTEI-LÜBBE-TASCHENBUCH
Band 10233

Printed in Hungary 1983
Einbandgestaltung: Roland Winkler
Titelphoto: Bildagentur Mauritius
ISBN 3-404-10233-9

Der Preis dieses Bandes versteht sich einschließlich der gesetzlichen Mehrwertsteuer.

I

»Hübsch artig hiergeblieben, Lia! Willst du mir schon wieder davonlaufen, weil ich dir ein Kompliment mache?«

Kornelia von Reinach strahlte ihren Onkel an. »War das ein Kompliment? Ich hielt es eher für ein Donnerwetter.«

Erstaunt blickte Herr von Lankwitz in das blühende junge Gesicht seiner Pflegetochter. »Wieso denn, Kind, was habe ich denn gesagt?«

Lia stellte sich in Positur und suchte mit komischem Ernst Haltung und Frage des alten Herrn nachzuahmen.

»Hat mir doch die naseweise Margell wahrhaftig alle Weisheit abgeguckt. Regiert auf Niederlankwitz während meiner Krankheit wie ein Inspektor, baut Roggen und Weizen, daß einem alten Landwirt die Augen übergehen, und hat mir die feinsten Kniffe bei der Kälbermast abgelauscht. Allerhand Hochachtung, Margellchen, willst mich wohl in Niederlankwitz vollständig überflüssig machen?«

Der alte Herr lachte hell auf und funkelte die Pflegetochter belustigt mit seinen hellen Augen an, die unter den grauen, buschigen Brauen hervorleuchten.

»Nun, bis auf den Baß hast du mich ja famos kopiert! Aber siehst du, den kannst du mir doch nicht nachmachen, wenn du auch sonst ein ganz patentes Kerlchen bist. Ja, mein Kind, was sollte dein alter Pflegevater wohl ohne dich anfangen?«

Lia schob zärtlich ihren Arm unter den seinen. So schritten sie zusammen der Fohlenkoppel des Vorwerks zu.

»Ach, Onkelchen, du könntest mich wohl eher entbehren als ich dich«, meinte sie mit einem halben Seufzer.

»So, meinst du? Was wäre denn zum Beispiel in den Wochen, als ich krank war, aus mir geworden ohne deine Pflege?«

»Dann hätte es Frau Wesemann getan.«

Er lachte. »Na ja, Frau Wesemann in allen Ehren, aber du bist mir als Krankenpflegerin doch lieber. War ja beinahe ein Vergnügen, krank zu sein! Aber abgesehen von meiner Person, was wäre ohne dich aus Niederlankwitz geworden? Ich sehe mit Staunen, wie gut du die ganze Wirtschaft am Schnürchen gehabt hast. Alle Hochachtung! Ich selbst hätte nicht besser Ordnung halten können, als du es getan hast.«

Aus Lias Augen leuchtete der frohe Stolz über diese Anerkennung. »Daß du dich noch darüber wundern kannst, Onkel Joachim! Bin ich nicht seit Jahren bei dir in die Schule gegangen? Und ich bin froh, wenn ich dir ein wenig Dankbarkeit beweisen kann.«

»Still, Kind, sprich nicht davon. Du weißt, das höre ich nicht gern.«

Sie blieben vor der Fohlenkoppel stehen. Lia lehnte ihre Wange an die Schulter des Onkels und sah ernst zu ihm auf. »Ich weiß es wohl, Onkel Joachim, aber du mußt es dir schon gefallen lassen, wenn ich daran denke, was ihr, du und Tante Maria, für mich getan habt. Tantchen kann ich es ja leider nicht mehr danken, dafür gehört nun dir meine ganze Liebe und Dankbarkeit.«

Der alte Herr streichelte liebevoll ihre Hand. »Nun ja, mein Kind, Liebe – davon kann ich einen ganzen Posten vertragen, da brauchst du dir keinen Zwang aufzuerlegen. Je mehr, desto besser! Aber die Dankbarkeit streichen wir aus unserem Wortschatz! Was haben wir denn Großes für dich getan bisher?«

»Ach, das weißt du recht gut, Onkelchen! Eine Heimat habt ihr mir gegeben. Was wäre wohl aus mir armer Waise geworden, wenn ihr euch nicht meiner erbarmt hättet? Niemand war da, der mich aufgenommen hätte, und ihr habt es getan, als sei das etwas ganz Selbstverständliches.«

Der alte Herr nickte zustimmend. »Natürlich war es etwas Selbstverständliches, Lia. Deine Mutter und meine Frau waren doch Geschwisterkinder, und wir selbst sehnten uns beide nach einem Ersatz für unsere verstorbene Kleine. Da warst du uns ein rechter Gottessegen. Tante Maria vergaß ein wenig ihren Schmerz, und ich – nun, Lia, davon brauche ich nicht erst zu reden. Ich habe nun doch wenigstens jemand, dem ich mein schönes Niederlankwitz frohen Herzens vermachen kann, und ich weiß, daß du es in Ehren halten und so bewirtschaften wirst, wie ich es mir wünsche.«

Kornelia von Reinach wurde plötzlich ernst. Wie in unfrohe Gedanken versunken, nestelte sie an der Schleppe ihres Reitkleides und sah mit einem nachdenklichen Blick über die Wiesen und Felder, die das Vorwerk von Niederlankwitz umgaben. Irgend etwas mußte sie innerlich stark beschäftigen.

Joachim von Lankwitz musterte sie mit väterlich liebevollen Blicken. Es konnte nicht leicht einen herzerfrischenderen Anblick geben als dies jugendschöne Geschöpf.

Plötzlich wandte sich Lia ihm zu, warf mit einer hastigen Bewegung die Schleppe ihres Reitkleides über den

Arm, hob den Kopf und sah dem alten Herrn groß und ernst in die Augen. »Lieber Onkel Joachim, vielleicht erscheine ich dir sehr undankbar, wenn ich dir immer wiederhole, daß mir der Gedanke peinlich ist, daß du mich zu deiner Erbin machen willst. Du weißt, drüben in Oberlankwitz nennen sie mich die ›Erbschleicherin‹, und das kann ich nicht vergessen.«

»Ach, welche Torheit, Lia!« brauste derAlte auf. »Wie kannst du dich immer wieder an das häßliche Wort klammern, das die schöne Frau Alice im Unmut ausgesprochen hat. Sie hat damit ihrem Groll Luft gemacht, als ich ihr und ihrem Sohne Hanno erklärte, daß nicht nur mein gesamtes Vermögen, sondern auch Niederlankwitz nach meinem Tod an dich fallen soll. Das darf dich nicht aufregen, die Oberlankwitzer haben es ja nicht anders gewollt. Oder glaubst du vielleicht, daß ich mir mein schönes Niederlankwitz in Grund und Boden wirtschaften lassen will, wie sie es mit Oberlankwitz getan haben? Nein, nein, Kind. Wenn es mich auch selbst hart ankommt, den letzten Lankwitz in meinem Testament zu übergehen, er darf mir hier mit seiner Mutter nicht ans Ruder kommen! Also laß es dich nicht anfechten, wenn Frau Alice dir grollt und böse von dir spricht.«

Lia seufzte und stützte ihren Arm auf die Einfriedigung der Fohlenkoppel. »Und trotz allem kannst du es Frau von Lankwitz und ihrem Sohn nicht verdenken, wenn sie mich mit scheelen Blicken ansehen! Wenn ich nicht wäre, dann würde Hanno doch sicher eines Tages Herr auf Niederlankwitz.«

»Oder auch nicht!« rief der alte Herr energisch. »Solange er seinen noblen Passionen lebt und das Geld zum Fenster hinauswirft, hätte er keine Chancen, wenn du auch nicht da wärst. Nein, Lia, lieber würde ich meinen

Besitz dem ersten besten tüchtigen Mann vererben als diesem Bruder Leichtfuß. Was kann er denn weiter, als Geld verschwenden und den Weibern schöne Augen machen?«

Es zuckte seltsam um Lias Lippen, und in ihren Augen lag ein schmerzlicher Ausdruck, als quäle sie etwas. »Du beurteilst Hanno von Lankwitz zu streng, Onkel.«

Der alte Herr lachte ärgerlich auf. »Natürlich, du nimmst ihn noch in Schutz! Es ist ja nichts Neues, daß er allen Frauen den Kopf verdreht.«

Lia warf den Kopf zurück und straffte ihre schlanke Gestalt zu voller Höhe. Ihr Gesicht bekam einen herben Ausdruck. »Mich kannst du dabei ausnehmen, Onkel Joachim. Ich will nur gerecht sein, nichts weiter.«

Einen kurzen, raschen Seitenblick warf Joachim von Lankwitz in das blasse stolze Mädchengesicht. Dann schlug er unzufrieden mit der Reitpeitsche durch die Luft, daß es pfiff. »Nun ja, Kind, der Ärger ist wieder einmal mit mir durchgegangen, ich wollte dich nicht kränken. So geht es mir aber immer, wenn ich an diesen Windhund denke.«

Der herbe, abwehrende Ausdruck verschwand aus Lias Gesicht. Sie streichelte Onkel Joachims Hand. »Weil du Hanno doch im Grunde deines Herzens nicht gram sein kannst und dich nur immer dazu zwingst. So schlimm, wie du denkst, ist er gar nicht, wenn er auch sehr leichtsinnig in den Tag hineinlebt«, erwiderte sie ernst.

Wieder streifte aus seinen Augen ein forschender Seitenblick über sie hin. Er kannte Lia nur zu genau und wußte, daß sie trotz der stolzen Abwehr, die sie zur Schau trug, eine Schwäche für Hanno von Lankwitz hatte. Sie schämte sich wohl, daß sie ihrem Hezen nicht gebieten konnte, und sie hatte ja recht – Hanno von Lankwitz war trotz allem doch ein Prachtkerl voll Leben und Frische, hätte wenigstens ein Prachtkerl sein können, wenn –

»Ja, wenn er nicht so sehr seiner Mutter Sohn wäre«, fuhr der alte Herr laut in seinem Gedankengang fort. »Siehst du, Kind, das treibt mir den Zorn ins Blut, daß diese hohle, eitle Person mit ihrem beispiellosen Aufwand gleich zwei Lankwitze zugrunde richtet, denn ihren Mann hat sie schon auf dem Gewissen. Wenn sie ihn mit ihren Augen anstrahlte, konnte sie ihn um den Finger wickeln, so daß er ihr jeden Wunsch erfüllte, wenn er auch noch so kostspielig und unvernünftig war. Und nun, nach seinem Tod, treibt sie es genauso mit dem Jungen. Da drüben wird gedankenlos in den Tag gelebt, bis Oberlankwitz unter den Hammer kommt. Verlaß dich drauf. Lange dauert es nicht mehr, es steht schlimm da drüben, das weiß ich. Sieh dir nur die Wirtschaft an, unter aller Kritik! Der Zorn kann einen packen, und man möchte dreinschlagen! Auf den Feldern wird Raubbau betrieben, die Wälder werden schonungslos abgeholzt, ein Stück Vieh nach dem andern wird verkauft, die Wirtschaftsgebäude werden vernachlässigt, da kein Geld für Reparaturen da ist. Das geht alles drauf für Pariser Toiletten, Schmuck und Badereisen. Und was die Mutter etwa noch übrig läßt, das bringt der leichtsinnige Herr Sohn durch. Und siehst du, Kind, genauso würden die beiden mein schönes Niederlankwitz unter den Hammer bringen, wenn ich es Hanno vererben würde. Ich werde mich aber hüten.«

Erregt aufatmend hielt der alte Herr inne und schlug mit der Hand bekräftigend auf die obere Stange der Koppelhürde. Lia hatte mit gesenkten Augen zugehört.

Nun schaute sie hoch. »Wenn du Hanno einmal in aller Ruhe auseinandersetztest, wohin er kommen muß, wenn er es so weiter treibt, Onkel? Ich glaube, er macht sich das nicht klar. Vielleicht könntest du doch das Ärgste abwenden.«

Onkel Joachim schüttelte energisch den Kopf. »Nichts zu machen, Lia! Ich habe ihm früher oft genug den Kopf gewaschen, höllisch sogar, wie ich es mit seinem Vater auch einige Male tat, aber es hat nichts geholfen. Ausgelacht hat er mich! Weißt du, was er zu mir sagte?«

»Nun?«

»Wir sind in Oberlankwitz eben Lebenskünstler, Onkel Joachim! Man muß doch etwas vom Leben haben, wozu ist man jung? Wir wollen in Oberlankwitz keine Schätze sammeln, dafür aber das Bewußtsein haben, keine gute Stunde vom Leben auszuschlagen. Das ist auch etwas wert! – Das hat er mir zur Antwort gegeben und mir dabei fröhlich ins Gesicht gelacht. Ganz der Sohn seiner Mutter!«

Lia seufzte bekümmert. »Frau von Lankwitz weiß wohl nicht, was sie tut. Es ist natürlich schlimm, daß sie einen so großen Einfluß auf Hanno hat, aber das muß dich doch gerade gegen ihn milder stimmen. Im Grunde ist er mehr zu bedauern als zu verurteilen. Es tut mir leid um seine lebensfrische Natur, die sich in Nichtigkeiten auslebt. Er weiß ja nicht, was er dafür aufgibt. Und deshalb tut es mir doppelt leid, daß du ihn fallenlassen willst; vielleicht kommt er doch noch zur Vernunft, wenn er älter wird. Du solltest ihn nicht enterben. Schließlich ist er ein Lankwitz, und sogar der letzte außer dir!«

Onkel Joachim kniff die Augen zusammen und sah sie scharf an.

»Es gäbe wohl eine Bedingung, unter der ich mich dazu verstehen könnte, Hanno nicht zu enterben, eine einzige«, sagte er langsam.

»Und welche wäre das?« fragte Lia hastig und blickte dem Onkel gespannt in die Augen.

Er zögerte einen Augenblick, dann sagte er langsam und mit ernster Betonung: »Unter der Bedingung, daß du seine Frau würdest.«

»Onkel Joachim!«

Forschend sah er in ihr Gesicht, in dem die Röte mit jäher Blässe wechslte. Dann sagte er ruhig, in fast gemütlichem Ton: »Nun, siehst du, dazu hast du natürlich keine Lust, und ich kann es dir auch nicht verdenken. Ich meine ja auch nur, Lia, wenn Hanno eine vernünftige Frau bekäme, so eine wie du, die energisch und bestimmt aufträte, dann ließe sich wohl noch etwas aus ihm machen. Das habe ich schon oft gedacht. Meinst du nicht, daß er dann ein ganz brauchbarer Mensch werden könnte?«

Gedankenverloren schaute Lia in die Ferne. »Ich weiß es nicht, Onkel Joachim. Es ist ja möglich, aber es müßte eine Frau sein, die er von ganzem Herzen liebt. Ich glaube nicht, daß Hanno von Lankwitz noch solch einer Liebe fähig ist.«

Der alte Herr ließ seine Augen nicht von ihrem versonnenen Gesicht. »Du meinst also, er hat sich schon zuviel verzettelt? Nun, manchmal erlebt man gerade bei solchen Menschen die größten Überraschungen. Vielleicht ist er bisher nur noch nicht an die Rechte geraten. Eigentlich ist es ein Charakterzug der Lankwitze, daß sie mit großer Treue und Hingabe lieben, wenn sie ihr Herz einer Frau schenken. Jedenfalls will ich ihm wünschen, daß er, wenn er sein Herz einmal verliert, nicht an eine solche Frau gerät, wie seine Mutter es ist. Aber mit alledem wollen wir uns den schönen Gottesmorgen nicht verderben, nicht wahr, mein Kind?«

Lia richtete sich mit einem tiefen Atemzug hoch, als würfe sie eine unsichtbare Last von sich. »Nein, Onkel Joachim, das wollen wir nicht, schon weil es heute nach so langen Krankheitswochen dein erster weiter Gang gewesen ist; wenn der Arzt davon hört, wird er schelten.«

Der alte Herr lachte behaglich. »Soll er ruhig, Lia, ich fühle mich heute unsagbar wohl nach dem langen Stubenarrest! Weiß Gott, ich dachte, diesmal ginge es mit mir zu Ende, und wenn du mich nicht so gut gepflegt hättest, dann wäre ich wohl zur großen Armee abberufen.«

Lia schob die Hand unter seinen Arm und sah ihn liebevoll an.

»Welch ein Glück, daß du wieder gesund bist, Onkelchen, wie habe ich mich um dich gebangt!«

Arm in Arm gingen sie über den Hof des großen Vorwerks, wo sie nach dem Rechten gesehen hatten. Vor der Meierei führte ein halbwüchsiger Bursche die Pferde langsam auf und ab und kam heran, als er die Herrschaften sah.

Mit seiner Hilfe schwang sich Lia leicht und elastisch in den Sattel, während der alte Herr Mühe hatte, in den Bügel zu kommen, denn seine Glieder waren noch ein wenig steif nach der langen Krankheit.

Lia sah besorgt zu ihm hinüber. Aber nun saß er im Sattel und rückte sich zurecht. »So, Kind, nun kann es losgehen, im gemütlichen Zuckeltrab natürlich.«

»Nehmen wir den Weg über die Kiefernschonung oder über die Wiesen?«

»Über die Wiesen, am Karauschenteich vorbei, der Weg ist schöner.«

»Aber auch länger.«

»Höchstens ein Viertelstündchen, das macht ja nichts.«

Sie ritten in mäßigem Tempo nebeneinander und plauderten dabei. Es war ein wundervoller Tag voll Duft und Sonne.

Lias Wangen röteten sich, und ihre Augen strahlten wieder froh und heiter. Sie war im Herzen fest verwachsen mit diesem schönen gesegneten Erdenfleck, der nun schon seit zehn Jahren ihre Heimat war. Und wie sie so dahinritt, zog doch ein dankbares Hochgefühl in ihr Herz, daß diese Felder und Wälder einst ihr Eigentum sein sollten.

Aber ein Wermutstropfen mischte sich in dieses Hochgefühl: Sie wußte, daß sie einem anderen dies Erbe nahm, einem, dessen Bild sich ihr wider Willen ins Herz gestohlen hatte, denn Hanno von Lankwitz war ihr nicht gleichgültig. Es hatte sie heiß durchzuckt, als Onkel Joachim vorhin zu ihr gesagt hatte, daß er Hanno nur unter der Bedingung als künftigen Herrn von Niederlankwitz sehen möchte, wenn sie seine Frau würde.

Seine Frau! Das konnte ja niemals sein, denn selbst wenn Hanno kommen würde, sie um ihre Hand zu bitten, so würde er es ja nicht aus Liebe tun, sondern nur um des Erbes willen.

Über sich selbst ärgerlich riß sie sich von diesem Gedanken los und zwang sich, an etwas anderes zudenken.

Als Onkel Joachim mit Lia zu Hause ankam, war es gerade Mittagszeit. Über den großen Gutshof eilten die Leute zu dem Gesindehaus, wo in einem großen Raum an langen, weiß gescheuerten Tischen die Mahlzeit aufgetragen wurde.

»Es ist schon zum Futtern geblasen, siehst du, wie sie sich sputen, Lia?« scherzte der alte Herr.

Die Nichte lächelte und erwiderte freundlich die Grüße der Leute.

Quer über den Gutshof ritten sie zum Herrenhaus, ein Stallknecht kam und nahm die Pferde in Empfang. Zugleich kam um das Haus herum vom Garten her eine stattliche Frau in blauem Leinenkleid mit vorgebundener weißer Wirtschaftsschürze.

Es war Frau Johanna Wesemann, »des Hauses redliche Hüterin«, wie Joachim von Lankwitz seine Haushälterin zu nennen pflegte, die seit zehn Jahren der Wirtschaft in Niederlankwitz vorstand.

»Mahlzeit, Frau Wesemann, was bringen Sie denn da?« fragte der alte Herr neugierig, als er die große Schüssel sah, die sie trug.

»Die ersten Erdbeeren, Herr von Lankwitz, die soll es heute zum Nachtisch für Sie und das gnädige Fräulein geben. Sehen Sie nur, was für Prachtstücke, so etwas gibt es nur bei uns in Niederlankwitz.«

»Die ersten Erdbeeren – dann aber rasch, Lia!« rief der alte Herr der Pflegetochter zu, während er sie aus dem Sattel hob. »Ich habe einen Bärenhunger und freue mich auf das Mittagessen.«

II

»Guten Morgen, Mama! Verzeih, daß ich so ohne weiteres in dein Allerheiligstes eindringe, aber ich muß unbedingt mit dir sprechen.«

Hanno von Lankwitz beugte sich flüchtig über die Hand seiner Mutter, die sie ihm zum Morgengruß reichte. Frau Alice richtete sich ein wenig von der Chaiselongue aus ihrer halbliegenden Stellung empor und schob mit einer ungeduldigen Bewegung die feine Porzellantasse beiseite, die mit dem Frühstücksgeschirr auf der kostbar eingelegten Platte des Serviertisches stand.

»Ach, Hanno, ich erschrecke mich jedesmal, wenn du so unangemeldet bei mir eintrittst. Du weißt doch, daß ich am Vormittag unbedingte Ruhe brauche«, sagte sie mit sehr ungnädiger Miene. Über Hannos Gesicht flog der Schatten einer leisen Ungeduld.

»Ja, ja, Mama, ich weiß es wohl und bitte um Verzeihung, wenn ich dich trotzdem stören muß, aber ich habe etwas sehr Wichtiges und Dringendes mit dir zu besprechen.«

Frau Alice griff nach einem silbernen Handspiegel, der in erreichbarer Nähe lag, und prüfte ihr Aussehen. Dabei überzeugte sie sich, daß sie in dem goldigen Licht, das durch die seidenen Vorhänge fiel, trotz ihres Ruhebedürfnisses ganz vorteilhaft aussah. Dann wandte sie sich ihrem Sohne wieder zu und sagte um einen Ton freundlicher: »Nimm bitte Platz, Hanno, aber fasse dich kurz.«

Dabei streifte sie mit mütterlichem Wohlgefallen seine schöne Gestalt, die trotz des leichten Hausanzuges, den er trug, sofort den Offizier verriet. Sein Gesicht zeigte eine gewisse Ähnlichkeit mit dem der Mutter.

Hanno zog sich einen Sessel heran. Dann sagte er nach kurzer Pause entschlossen: »Es ist leider eine sehr unangenehme Mitteilung, die ich dir machen muß. Mama.«

Sie hob abwehrend ihre zarte ringgeschmückte Hand. »Ich bitte dich, Hanno! Unannehmlichkeiten zum frühen Morgen – das ist nicht mein Fall, das verdirbt mir die Stimmung für den ganzen Tag. Muß es denn sein? Dein Vater ersparte mir dergleichen Dinge unbedingt. Aber da du nun einmal hier bist, möchte ich mit dir über unsere beabsichtigte Reise sprechen.«

Sie hoffte, ihn damit abzulenken, erreichte aber damit gerade das Gegenteil.

»Mit dieser Reise hängt meine Mitteilung zusammen, Mama. Ich sprach soeben mit dem Verwalter; er sollte ja dafür Geld flüssig machen. Außerdem habe ich einige tausend Mark kleine Schulden, die ich gern regeln wollte, ehe wir auf Reisen gehen. Ich sagte also Inspektor Brandner, daß ich binnen acht Tagen das nötige Bewegungsgeld haben müsse. Und weißt du, was er mir darauf zur Antwort gab?«

»Nun?«

»Keine tausend Mark kann ich flüssig machen!«

Frau Alice fuhr entrüstet empor.

»Was soll das heißen? Es ist doch dieser Tage, wie ich bestimmt weiß, Geld eingegangen.«

»Ja, aber er braucht es unbedingt für die Wirtschaft, zur Begleichung dringender Rechnungen, zum Auszahlen rückständigen Lohns an die Leute. Er weigert sich entschieden, einen Pfennig davon herzugeben.«

»Das ist unverschämt!« brauste Frau Alice auf. »Was bildet sich dieser Mensch ein? Ist er oder ich Herr auf Oberlankwitz?«

Hanno zuckte die Achseln und sagte resigniert: »Ich habe noch viel unangenehmere Dinge zu hören bekommen, Mama. Brandner war so erregt, wie ich diesen so beherrschten Mann noch nie gesehen habe. Wir sind tatsächlich mit den Löhnen im Rückstand, und auch sonst drängen die nötigsten Ausgaben. Oberlankwitz sei, wenn es so weitergehe, nicht mehr zu halten, meinte der Inspektor. Seit Jahren sei unverantwortlich mit dem Geld gewirtschaftet worden, die Ernte auf dem Halm wurde verpfändet, die Waldungen durch das Abschlagen der besten Holzbestände entwertet, und zur neuen Aufforstung habe stets das Geld gefehlt. Er behauptet, Oberlankwitz sei kaum noch die Hälfte wert im Vergleich zu früher. Aus allem ging hervor, daß Onkel Joachim nur zu recht hatte, wenn er mich warnte. Ich habe darauf nie viel gegeben und alles, was er mir sagte, für Schwarzseherei gehalten, weil du mir stets versichertest, es sei keine Veranlassung zu irgendwelcher Besorgnis. Und nun sagt mir Brandner, er habe dich schon kurz nach Papas Tod über die wahre Sachlage aufgeklärt, ohne daß etwas geändert worden sei. Ist das wirklich wahr, Mama?«

Frau von Lankwitz machte eine ungeduldig abwehrende Bewegung. »Was verstehe ich von dem allen! Brandner hat stets genörgelt, schon zu Papas Lebzeiten, und immer von Sparen und Einschränken gesprochen. Papa sagte mir aber, das tue er gewohnheitsmäßig, ich solle mir deshalb keine Sorgen machen. Papa hielt mir immer derlei Unannehmlichkeiten fern, und das solltest du auch tun, Hanno. Das ist doch Männersache! Du brauchst dich von Brandner nicht einschüchtern zu lassen. Er will wohl nur sein Schäfchen ins trockene bringen – das ist das Ganze!«

Hanno schüttelte energisch den Kopf. »Da bist du im Irrtum, Mama. Wir sind sogar seit einem Vierteljahr mit Brandners Gehalt im Rückstand. An seiner Ehrlichkeit ist nicht zu zweifeln, wenn er auch diesmal mir gegenüber mehr als deutlich wurde.«

»Unverschämt, ich sage es ja! Entlasse ihn doch einfach!« entrüstete sich seine Mutter.

»Das wäre nicht nur sehr unklug, Mama, sondern auch ungerecht. Ich glaube, er meint es gut, und einen ebenso ehrlichen und zuverlässigen Beamten bekommen wir kaum wieder. Wie er mir das alles so klar vorrechnete und erklärte, sind mir zum erstenmal die Augen aufgegangen. Ich glaube wirklich, wir haben alle zusammen ein wenig zu sorglos drauflos gelebt. Brandner sagt, seit Papas Verheiratung mit dir sei jährlich mit bedeutender Unterbilanz gewirtschaftet worden.«

Frau Alice war an der Grenze ihrer Geduld. »Es ist einfach eine Ungehörigkeit von Brandner. Du hättest das gar nicht anhören sollen. Keinesfalls durftest du mir mit solchen geschäftlichen Dingen kommen. Wahrscheinlich liegt es an Brandners Untüchtigkeit, wenn wir so schlecht abschließen. Drüben in Niederlankwitz klagt keiner, dort geht es aus dem vollen, während bei uns von Jahr zu Jahr über die schlechten Ernten lamentiert wird. Das kann doch nur an der nachlässigen Bewirtschaftung liegen.«

Hanno von Lankwitz legte die Stirn in Falten und sah auf die Spitzen seiner Lackschuhe herab. »Ich glaube, du bist sehr im Irrtum, Mama! Auch ich sprach gegen Brandner eine ähnliche Vermutung aus. Da rechnete er mir vor, daß Onkel Joachim nicht den zehnten Teil von dem verbraucht, was wir verbrauchen. Da drüben ist immer Geld da für Bodenverbesserungen, neue Maschinen und dergleichen. Wir aber haben für unsere persönlichen Bedürfnisse Unsummen ausgegeben, und für die Wirtschaft ist so gut wie nichts getan worden. Offen gesagt, Mama, ich war entsetzt, als ich in die einzelnen Konten Einsicht nahm. Die Ausgaben stehen in keinem Verhältnis zu den Einnahmen. Oberlankwitz ist enorm belastet. Ich habe mich bisher viel zu wenig darum gekümmert und gedankenlos in den Tag hineingelebt. Brandner drang energisch darauf, daß ich mich endlich einmal etwas gründlicher informiere. Er meint es wirklich gut mit uns, Mama!«

Frau Alice warf den Kopf zurück. »Ich verstehe nicht, Hanno, daß du dir das hast gefallen lassen. Schließlich ist doch Brandner dein Angestellter, der sich deinen Wünschen zu fügen hat. Eine Kritik unserer Lebensweise steht ihm durchaus nicht zu.«

»Im Grunde nicht. Aber ich kann dir sagen, es lag eine so ehrliche Besorgnis in dem, was er mir eröffnete, daß ich davon ergriffen war. Schließlich war es ja auch seine Pflicht, mir endlich reinen Wein einzuschenken. Brandner sagte mir, wenn wir noch zwei bis drei Jahre so weiterleben, kommt Oberlankwitz zum Zwangsverkauf, und wir stehen vor dem Nichts, Mama!«

In den Zügen seiner Mutter zuckte es nervös. Aber sie machte mit der Hand nur eine hastig abwehrende Bewegung. »Willst du mich krank machen mit solchen Schreckbildern, Hanno? Du hast dich von Brandner ja gehörig einschüchtern lassen!«

Hanno sprang auf und starrte vor sich hin. »Ich kann mich den klaren Tatsachen nicht verschließen, Mama. Die Zahlen reden eine zu deutliche Sprache; ich klage mich selbst an, daß ich bisher so leichtsinnig in den Tag hineingelebt habe. Doch von Sparen und Einschränken habe ich weder von dir noch von Papa gehört. Aber das eine ist sicher, Mama, es kann nicht so weitergehen, und die geplante Reise müssen wir natürlich aufgeben.«

Ärgerlich fuhr die schöne Frau empor. »Davon kann keine Rede sein, Hanno! Natürlich reisen wir. Erstens muß ich etwas für meine Nerven tun, und zweitens habe ich bestimmte Pläne, die sich auf dich erstrecken.«

»Auf mich?« fragte Hanno erstaunt.

»Ja, auf dich! Aber bitte, setz dich wieder, es macht mich nervös, wenn du so im Zimmer auf und ab gehst.«

Er gehorchte. »Also sprich, Mama!«

Sie strich ihm leicht über die Hand und lächelte.

»Du brauchst nicht so sorgenvoll auszusehen, Hanno. Ein Wort von dir, und alle Sorgen haben für immer ein Ende. Ich habe nämlich eine glänzende Partie für dich in Aussicht, und du brauchst nur zuzugreifen.«

Hanno lachte nervös auf. »Ich denke nicht daran, mich jetzt schon zu verheiraten, mit meinen neunundzwanzig Jahren.«

»Das ist gerade das beste Alter zum Heiraten, Hanno. Und wenn die Verhältnisse hier in Oberlankwitz wirklich so liegen, wie Brandner behauptet, dann kannst du dich sofort durch diese glänzende Partie rangieren.«

Hanno machte ein unbehagliches Gesicht. »Ein scheußlicher Gedanke, Mama! Und an wen soll ich meine Freiheit verkaufen?«

Frau Alice schien peinlich berührt. »Wozu solche Worte? Deine Freiheit kannst du dir auch als verheirateter Mann erhalten. Die junge Dame, die ich im Auge habe, ist sanft und lenksam trotz ihres großen Vermögens. Die Einwilligung ihrer Mutter steht außer Frage; und sie selbst liebt dich im stillen und würde es als das größte Glück ihres Lebens betrachten, wenn du um ihre Hand anhieltest. Du sollst auf dieser Reise mit ihr zusammentreffen, und der Schein der Zufälligkeit kann gewahrt bleiben. Es wird sich alles rasch und leicht arrangieren lassen, wenn du nur willst.«

In Hannos Augen war ein leises Interesse erwacht. Welche Fäden mochte da in aller Stille und ohne sein Vorwissen seine kluge und schöne Mutter angesponnen haben? Er hatte sich wieder aus seinem Sessel erhoben und schritt ein paarmal durchs Zimmer.

»Kenne ich die Dame? So sag mir doch bitte endlich ihren Namen.«

Frau Alice zögerte noch einen Augenblick, als sei sie ihrer Sache doch nicht so recht sicher. Dann richtete sie sich aber entschlossen auf. »Es ist die Baronesse Hilda Lucknow.«

Hanno trat einen Schritt zurück, und in seine Stirn schoß eine dunkle Röte. »Mama! Das ist doch nicht dein Ernst!« rief er fast empört.«

Frau Alice blieb vollkommen ruhig. »Gewiß, es ist mein Ernst. Die Baronesse ist die Erbin mehrerer Millionen, das bedenke.«

Hanno starrte seine Mutter verständnislos an. »Nein, Mama, das kann dein Ernst nicht sein. Diese bedauernswerte gebrechliche Baronesse – meine Frau? Das ist unmöglich?«

»Aber Hanno, sei doch kein Tor! Solch glänzende Partie wird dir nicht wieder geboten. Die Baronesse liebt dich schwärmerisch und hat es sich in den Kopf gesetzt, dich zu heiraten.«

Energisch schüttelte Hanno den Kopf. »Ich bin nicht der Mann, der sich ohne weiteres heiraten läßt, und ganz sicher nicht von dieser bedauernswerten jungen Dame. Empört sich denn nicht dein eigenes Empfinden gegen den Gedanken, daß dein Sohn mit einer solchen Frau leben sollte?«

Frau Alice zuckte nur gleichmütig die Achseln und sagte in leichtem Ton: »Ein Mann kann sich immer sein Leben gestalten, wie er will , auch wenn er verheiratet ist. Und die Baronesse wird dir volle Freiheit lassen.«

In Hannos Gesicht zuckte es. So hatte er seine Mutter noch nie sprechen hören, ihre Worte verletzten ihn.

»Wie meinst du das, Mama?« fragte er fast schroff.

»Mein Gott, du bist doch kein Kind mehr und weißt ganz genau, was ich meine. Oder denkst du, ich hätte nicht bemerkt, daß du dich ziemlich stark an die schöne Gräfin Susanne Korff engagiert hast? Ich habe scharfe Augen, mein Sohn, und weiß ganz genau, daß die ›zufällige‹ Anwesenheit der Gräfin hier in nächster Nähe bei ihren Verwandten eben nicht zufällig ist, sondern sehr stark mit deinem Urlaub und deiner Anwesenheit in Oberlankwitz zusammenhängt.«

Hanno schoß das Blut in die Wangen. »Aber Mama!« war alles, was er sagen konnte, so unangenehm überrascht war er im Augenblick.

Sie winkte hastig ab. »Schon gut! Du brauchst nichts zu sagen, ich weiß Bescheid. So schöne junge Frauen mit einem Temperament wie die Gräfin haben immer irgendeine große Passion, wenn sie an einen alten Mann gefesselt sind. Nun, du bist die Passion der Gräfin. Und wenn du dich mit der Baronesse verheiraten würdest, bliebe alles andere dir doch unbenommen.«

Hanno fuhr auf. »Mama, unsere Erörterung fängt wirklich an, peinlich zu werden –«

»Nun gut, ich spreche nicht mehr davon. Ich wollte ja nur dein Bestes und glaubte mir dadurch deinen Dank zu verdienen.«

»Es tut mir leid, daß ich dich enttäuschen muß, Mama! Aber wenn du mich kenntest, müßtest du wissen, daß mir diese Verbindung unmöglich ist. Vielleicht wäre es besser gewesen, Papa hätte mich beizeiten gewarnt und mir reinen Wein eingeschenkt, statt mir unsere Verhältnisse rosiger zu malen, als sie waren. Dann hätte ich sicher nicht so gedankenlos in den Tag hineingelebt, vielleicht hätte ich doch die Kraft gehabt, mich aufzuraffen. Wenn ich dann später wenigstens auf Onkel Joachim gehört hätte, als er mich warnte, da war es noch Zeit. Ausgelacht habe ich ihn. Und nun hat er doch recht behalten!«

Ein haßerfüllter Ausdruck erschien im Gesicht seiner Mutter. »Nun, es ist ja vielleicht noch Zeit, bei ihm zu Kreuze zu kriechen und um gut Wetter zu bitten«, spottete sie. »Welch ein Triumph für ihn, wenn es dazu käme! Aber glaube mir, keinen roten Heller bekämst du, dafür hat die ›Erbschleicherin‹ dort drüben gesorgt!«

Messerscharf kam das schlimme Wort von den Lippen der schönen Frau.

Eine Weile blickte Hanno starr vor sich hin, dann sagte er mit erzwungener Ruhe: »Du tust Lia unrecht, wir haben keinerlei Beweise dafür, daß sie dies häßliche Wort verdient.«

»Nun, hat Onkel Joachim sie nicht zu seiner Universalerbin eingesetzt?«

»Gewiß, weil er sie liebt wie sein eigenes Kind, und weil er kein Vertrauen in mich setzt. Er glaubt Niederlankwitz in Lias Händen besser aufgehoben als in den meinen. Vielleicht hat er recht. Wir wollen uns nicht länger selbst betrügen, Mama, ich glaube, wir haben unverantwortlich gewirtschaftet!«

Einen Augenblick prägte sich etwas wie Schuldbewußtsein im Gesicht seiner Mutter aus. Aber dann warf sie den Kopf trotzig zurück. »Ich glaubte ja, es sei alles gutzumachen, wenn du dich zu einer reichen Heirat entschließen könntest. Noch ist es nicht zu spät, ein Wort von dir kann uns retten, und wir können weiterleben wie bisher. Sprich dies Wort, Hanno! Begleite mich und halte um die Hand der Baronesse an.«

Sie trat auf den Sohn zu und hob ihre schönen Augen mit schmeichelnder Bitte zu ihm empor. Mit solchem Blick hatte sie bisher bei ihrem Gatten und ihrem Sohn noch alles erreicht. Aber heute baten ihre schönen Augen vergeblich. Hanno schüttelte den Kopf.

»Nein, Mama, ich kann nicht – fordere alles von mir, nur das nicht – ich kann es nicht!«

Da übermannte sie der lodernde Zorn. »Weil du die Gräfin Korff liebst! Aber sie ist gebunden und kann niemals deine Frau werden. Selbst dann nicht, wenn sie sich törichterweise scheiden ließe, denn sie ist Katholikin. Außerdem wird sie, wie ich sie kenne, nicht leichtsinnig Glanz und Wohlleben aufgeben!«

»Daran denkt ja auch niemand, Mama«, suchte Hanno einzulenken »es ist nichts als ein harmloser Flirt.«

»Nun gut, dann heirate die Baronesse. Dann kannst du trotzdem flirten, soviel du willst.«

Zum erstenmal betrachtete Hanno seine Mutter mit kritischen, geschärften Augen. Bisher hatte er, von seinem Vater beeinflußt, seine schöne elegante Mutter nur rückhaltlos bewundert. Es war, als zerrisse in dieser Stunde ein Schleier vor seinen Augen, und mit einem Gefühl tiefster Verstimmung verließ er die Mutter. Zwar küßte er ihr wie sonst die schöne, weiße Hand, aber in seiner Seele war die zärtliche stolze Bewunderung, die er allzeit für sie gehegt hatte, getrübt.

Die Baronin von Lankwitz gab ihre geplante Reise nicht auf. Die dazu notwendige Summe hatte sie sich durch den Verkauf von Schmuckstücken und Juwelen verschafft. Mit sehr gemischten Gefühlen sah Hanno den Reisevorbereitungen seiner Mutter zu, und als Frau Alice endlich mit ihren Reisekoffern und ihrer Zofe zur Bahn rollte, war der Abschied zwischen ihr und ihrem Sohn Hanno ungewohnt kühl gewesen.

Ein paar Tage lang blieb Hanno seinen guten Vorsätzen treu und saß stundenlang über den Wirtschaftsbüchern, konferierte mit seinem Inspektor und nahm Feld und Wald gründlich in Augenschein. Aber allmählich begann sein leichtherziger Optimismus wieder Oberwasser zu gewinnen. Bei einigem guten Willen mußte sich das einst so ertragreiche Gut doch wieder in die Höhe bringen lassen; und wenn es eben nicht anders ging, mußte er den Abschied nehmen und das Gut selbst bewirtschaften! Als er mit dem Inspektor darüber sprach, zuckte der nur die Achseln. Er schien wenig Zutrauen zu Hannos Vorsätzen zu haben.

Als eine halbe Woche herum war, begann Hanno die Einsamkeit zu bedrücken. Die ernste Miene des Inspektors empfand er wie einen stummen Vorwurf; er mußte einmal andere Gesichter sehen, und so beschloß er, nach Bornheim hinüberzureiten. Wie lange hatte er Gräfin Susanna eigentlich nicht gesehen? Er rechnete nach, es waren fast acht Tage her – so lange hatte er die schöne Frau warten lassen.

»Ich reite nur auf eine Stunde nach Bornheim hinüber«, sagte er dem Inspektor kurz Bescheid, als der ihn fragend ansah.

Schon der scharfe Ritt durch den Wald heiterte ihn auf

und ließ ihn seine Sorgen vergessen. Als er quer durch den Park in den Weg nach dem Herrenhaus einbog, tönte ihm frohes Lachen entgegen. Auf dem großen Rasenplatz vor dem Herrenhaus sah er eine lustige Gesellschaft beim Ballspiel. Die Gräfin Korff mit ihren beiden Kusinen Molly und Dolly von Bornheim und die beiden Verlobten der hübschen blonden Schwestern, ein junger Gutsbesitzer aus der Nachbarschaft und ein Ulanenrittmeister aus der nahen Garnison Schwarzenfels, sowie einige andere Gäste übten mit Eifer ein neues Ballspiel.

Mit großem Jubel wurde Hanno von Lankwitz empfangen, und Gräfin Susanna begrüßte ihn mit einem frohen Aufleuchten ihrer Augen. Er mußte sogleich das neue Spiel mit durchproben, und bald waren seine Sorgen in dem fröhlichen Kreis vergessen. Er scherzte und lachte in seiner alten übermütigen Weise.

Als das Spiel zu Ende war, suchten die Gäste die Terrasse des Herrenhauses auf, wo der Tee genommen werden sollte. Hanno blieb mit Gräfin Susanna etwas hinter den anderen zurück. Vor einem üppig blühenden Rosenstock blieb die Gräfin stehen und sah sich vorsichtig um, ob niemand sie hören könnte.

»Warum kamen Sie so lange nicht, Hanno?«

»Geschäftliche Abhaltungen sehr unangenehmer Art«, sagte er.

»Und wann reisen Sie mit Ihrer Mutter?« lenkte sie ab, ohne nach seinen Sorgen zu fragen.

»Überhaupt nicht, Gräfin, meine Mutter ist bereits abgereist, ich bleibe hier, solange ich Urlaub habe.«

Ihre Augen flammten auf, ein tiefer Atemzug hob ihre Brust. »Wirklich?«

»Gewiß!«

»Und warum haben Sie Ihren anfänglichen Plan geändert?«

»Muß ich Ihnen das wirklich sagen, Gräfin?«

»Ich möchte es gern wissen.«

»Nun wohl: weil Sie hier in Bornheim sind! Es lockte mich nicht, meine Mutter zu begleiten, zumal sie mir verriet, daß sie Heiratspläne mit mir vorhat, die sie auf dieser Reise verwirklichen wollte. Ich sollte ›ganz zufällig‹ mit einer reichen Erbin zusammentreffen, die Mama für mich als meine zukünftige Frau ins Auge gefaßt hat.«

»Ist das möglich?« fragte die Gräfin in tiefer Erregung.

Er faßte nach ihrer Hand. »Susanna, ich sage Ihnen ja, daß ich Mama allein reisen ließ, obwohl – das sage ich Ihnen im Vertrauen – obwohl es finanziell recht schlecht um Oberlankwitz steht und es vielleicht klüger gewesen wäre, die Gelegenheit zu einer guten Partie zu ergreifen. Vielleicht ist mir nur ein kurzer Aufschub vergönnt. Man macht es mir zur Pflicht, Oberlankwitz durch eine reiche Heirat zu halten. Aber noch bin ich frei, Susanna, noch bin ich nicht gebunden. Sie wissen ja, wer mein Herz festhält!«

»Und doch erwägen Sie die Möglichkeit einer solchen Verbindung?« fragte sie mit leise lebender Stimme.

»Ich schiebe es auf, solange ich kann, aber eines Tages wird es sein müssen.«

»Und an mich denken Sie gar nicht, Hanno?«

»Sie sind gefesselt, wie ich es sein werde, wenn ich mich einmal verkaufen muß. Hätte ich auch nur die leiseste Hoffnung auf eine Vereinigung mit Ihnen, so würde ich allem trotzen. So aber, ob ich frei bin oder gebunden, getrennt bin ich doch immer von Ihnen!«

Er sagte das in einem ihm sonst fremden Pathos, die Wärme der inneren Überzeugung fehlte seinen Worten.

Aber die Gräfin achtete in ihrer Erregung nicht darauf.

»Erinnern Sie mich nicht an meine Fesseln, Hanno, vielleicht – aber lassen wir die Zukunft, noch gehört uns die Gegenwart, und die Gegenwart ist so schön!«

Sie umfaßte ihn mit einem verheißenden Blick, und er fühlte, das war mehr als ein leichter Flirt, das war echte Leidenschaft.

»Sie haben recht, Susanna, die Gegenwart gehört uns! Morgen komme ich bestimmt zu dem Pavillon im Park und hoffe, Sie dort allein zu finden. Werden Sie kommen? Ich habe Ihnen so viel zu sagen!«

Sie nickte.

»Ich bin um die bewußte Zeit dort. Aber lassen Sie mich nicht noch einmal vergeblich warten!«

In diesem Augenblick trat Dolly von Bornheim zu den beiden heran. »Sie halten Susanna wohl einen Vortrag über Rosenkultur, Herr von Lankwitz, und vergessen darüber den Tee und uns alle.«

Hanno entschuldigte sich und die Gräfin und schritt dann mit Susanna der Terrasse zu, wo eben der Tee gereicht wurde.

Die Gräfin wußte es so einzurichten, daß sie mit Hanno zusammen an einem kleinen Tisch, der etwas abseits von den anderen stand, Platz fand. Lebhaft ging das Gespräch zwischen den verschiedenen Gruppen hin und her, Scherzworte flogen von Tisch zu Tisch, und fröhliches Lachen klang dazwischen. Plötzlich aber stockte die Unterhaltung, Pferdegetrappel wurde laut, Räder knirschten auf dem frischen Kies des Parkweges und im nächsten Augenblick fuhr der Niederlankwitzer Landauer an der Terrasse vor.

Freudig überrascht erhoben sich die meisten Gäste und traten auf die Freitreppe zu, auf der Molly und Dolly hinabeilten, um Kornelia von Reinach, mit der sie herzlich befreundet waren, und ihren Onkel zu begrüßen.

»Das ist famos, Lia! Ihr kommt gerade recht, um den Tee mit uns zu nehmen«, sagte Molly vergnügt.

Lias Augen flogen zur Terrasse hinüber. »Ihr habt Gäste? Wir stören doch nicht?«

Molly schüttelte den Kopf. »Wie kannst du so fragen, Lia! Reizend ist es, daß du endlich wieder einmal mit deinem Onkel kommst. Solange er krank war, hat man dich ja kaum gesehen. Du kommst in vergnügte Gesellschaft, lauter Bekannte: unsere beiden Verlobten, unser Vetter Georg, dein getreuester Verehrer, unsere Kusine Susanne, die Geschwister Romberg, das ist alles. Halt, noch einer fehlt: dein Vetter Hanno Lankwitz.«

Dolly lachte. »O Molly, Hanno Lankwitz hättest du vorläufig unterschlagen sollen. Du weißt doch, die Ober- und Niederlankwitzer gehen sich respektvoll aus dem Weg. Und Lia sieht wirklich so aus, als wolle sie am liebsten die Flucht ergreifen.«

Lia war allerdings einen Moment unschlüssig stehengeblieben, als sie vernahm, daß Hanno auch da war, während Onkel Joachim neben Herrn von Bornheim die Treppe zur Terrasse emporstieg. Aber sie faßte sich schnell und schüttelte lächelnd den Kopf.

»Wenn wir uns auch gegenseitig nicht suchen, so haben wir doch keine Veranlassung, einander auszuweichen«, sagte sie freundlich.

Plaudernd zogen die beiden hübschen Blondinen Lia mit sich fort. Kornelia begrüßte die Gräfin in ihrer ruhigen Weise. Durch die Schwestern Bornheim war sie auch mit ihr schon seit Jahren befreundet.

»Ich freue mich, dich zu sehen, Susanna. Bist du schon lange in Bornheim?«

»Fast vierzehn Tage, Lia. Ich hätte dich längst besucht, wenn ich nicht befürchtet hätte zu stören, da ich von deines Onkels Erkrankung hörte«, antwortete die Gräfin liebenswürdig.

»Oh, Onkel Joachim ist gottlob wieder ganz munter. Ich hoffe, du holst nun bald deinen Besuch nach. Du bleibst doch noch längere Zeit?« fragte Lia.

»Jedenfalls noch einige Wochen.«

Von allen Seiten wurde Lia herzlich begrüßt, nur Hanno von Lankwitz stand abwartend hinter seinem Sessel, bis sie in seine Nähe kam. Erst dann begrüßte er sie höflich, aber doch mit einiger Reserve, und Lia erwiderte den Gruß in gleicher Weise.

Auch Joachim von Lankwitz hatte inzwischen unter den Gästen die Runde gemacht und stand nun vor seinem Neffen. »Wieder einmal auf Urlaub daheim, Hanno? Oder hast du den bunten Rock ganz ausgezogen?« fragte er und reichte dem Neffen die Hand.

»Ich bin auf Urlaub, Onkel Joachim«, erwiderte Hanno anscheinend sehr vergnügt, aber doch nicht mit der übermütigen Sicherheit, die er sonst dem alten Herrn gegenüber zur Schau trug.

»So, so, ich freute mich schon und dachte, du hättest nun endlich mal die Zügel auf Oberlankwitz selbst in die Hand genommen.«

»Damit eilt es ja nicht, Onkel. Krautjunker kann ich noch alle Tage werden.«

Trotz der kecken Antwort hatte Hanno aber doch das unbehagliche Gefühl, als müsse er seine Augen vor dem ernsten durchdringenden Blick des alten Herrn niederschlagen: wie ein Schuljunge, der ein böses Gewissen hat, dachte er.

Und er hatte in der Tat ein schlechtes Gewissen, aber

selbstbewußt lehnte er sich dagegen auf. Was ging es schließlich seinen Onkel an, ob er seinen Besitz selbst verwaltete oder ein fröhliches Soldatenleben führte? Der Onkel gab ihm ja doch keinen Pfennig dazu, und als sein Erbe kam er auch nicht in Betracht. Weshalb sollte er da Rücksichten nehmen?

»Nun, wenn du meinst«, erwiderte Joachim von Lankwitz ägerlich, »meine Ansicht kommt dabei ja nicht in Frage.«

»Allerdings nicht, Onkel Joachim.«

Der alte Herr sah ihn noch einmal durchdringend an und wandte sich dann von ihm ab.

Die kurze Begegnung mit seinem Onkel hatte Hanno die Stimmung verdorben. Sein Übermut und seine gute Laune verflogen. Als er sich wieder neben der Gräfin niederließ, blieb er wortkarg und zerstreut. Dabei mußte er aber immer wieder zu Onkel Joachim hinüberblicken. Wenn ich mich ihm anvertraute und ihm sagte, daß der Schlendrian in Oberlankwitz aufhören soll, ob er mir dann wohl helfen würde? dachte er. Es fiel ihm auf, wie blaß Onkel Joachim noch aussah; daß er lange Zeit ernstlich krank gewesen war, wußte er.

Und Lia umgab den alten Herrn mit zartester Fürsorge, hatte ihm an einem windgeschützten sonnigen Plätzchen den Sessel zurechtgerückt und machte ihm jetzt eben den Tee mundgerecht.

Das alles sah Hanno. Und etwas in Lias Wesen fesselte ihn unwillkürlich. Er grübelte darüber nach, was es wohl war. In ihrer Haltung lag etwas so Gütiges, und ihr natürliches frisches Wesen strömte etwas Starkes, Gesundes, Lebensfrohes aus, das seinem eigenen Wesen verwandt war.

Er ertappte sich dabei, daß er ihre Augen suchte, diese

klaren, offenen, ehrlichen Augen, die so ganz ohne Falsch waren. Aber umsonst – kühl und stolz blickte sie über ihn weg.

»Die Erbschleicherin«, schoß es Hanno plötzlich durch den Sinn. So nannte sie seine Mutter. Er schüttelte wie protestierend den Kopf. Nein, so sah Lia Reinach nicht aus, ganz gewiß nicht! Und dann hörte er ihr helles reines Lachen. Es fiel ihm auch zum ersten Mal auf, daß sich die jungen Herren in ihre Nähe drängten, besonders Georg von Bornheim sah mit bewundernden Augen zu ihr auf. Dabei gab sich Lia völlig harmlos und unbefangen; mit allen plauderte sie, nur an Hanno richtete sie niemals das Wort.

Aber zuweilen flog doch ihr Blick zu ihm hinüber, ohne daß er es merkte, und jedesmal tat ihr Herz ein paar laute Schläge dabei, obwohl sie äußerlich ganz ruhig und gelassen schien.

Es fiel ihr auf, daß er sich fast ausschließlich mit Gräfin Susanna unterhielt. Und einmal fing sie einen leidenschaftlich flammenden Blick auf, den die beiden tauschten. Warum überkam sie dabei ein so schweres seltsames Gefühl? Es war ja nicht das erstemal, daß sie Hanno in einen Flirt verstrickt sah. Irgendeiner schönen Frau mußte er immer huldigen, das wußte sie. Ob sein Herz bei diesem neuen Flirt ernstlich beteiligt war, ernster als sonst? Und Gräfin Susanna war doch eine verheiratete Frau!

Lia atmete tief auf. Warum machte sie sich Gedanken darüber? Hanno von Lankwitz nahm ja nie etwas ernst, er spielte und tändelte nur.

Das empfand Lia seltsamerweise wie eine Erleichterung; solange er mit den Frauen nur spielte und tändelte, konnte sie ruhig zusehen. Was aber würde ihr Herz empfinden, wenn er eines Tages einer Frau ein tieferes ernstes Gefühl entgegenbrachte? Sie schloß bei diesem Gedanken einen Moment die Augen, als fürchte sie, etwas Quälendes zu sehen. Dann riß sie sich gewaltsam von ihren Gedanken los und wandte sich wieder an Georg von Bornheim, der lebhaft auf sie einsprach. Er war ihr sehr sympathisch, und sie plauderte gern mit ihm. Da er gleichfalls in der Nähe in Garnison lag, waren sie viel zusammengetroffen, in Niederlankwitz, in der Stadt und auf den umliegenden Gütern. Lia merkte sehr wohl, daß er mehr für sie empfand, als ihr lieb war, und suchte seine Gefühle dadurch in ruhigen Grenzen zu halten, daß sie einen fast schwesterlich freundlichen Ton ihm gegenüber anschlug. Dabei erreichte sie allerdings nur das eine, daß er sich keinen trügerischen Hoffnungen hingab. Aber immer war er möglichst an ihrer Seite, wenn sie zusammentrafen.

»Haben wir uns denn wirklich so lange nicht gesehen, Herr von Bornheim?« fragte sie.

»Eine Ewigkeit nicht! Das letztemal kurz vor Ihres Onkels Erkrankung. Ich stelle es mir übrigens wundervoll vor, krank zu sein und von Ihnen gepflegt zu werden.«

Lia lachte. »Onkel Joachim hat mir auch schon gesagt, es sei ihm fast ein Vergnügen gewesen, krank zu sein, aber so unbedingt möchte ich das nicht glauben.«

Da wurden sie von Joachim von Lankwitz unterbrochen. »Wie ist es, Kind, willst du noch bleiben? Ich möchte aufbrechen.«

Lia sah zu ihm auf. »Natürlich komme ich mit dir, Onkel Joachim.«

»Nein, Kind, ich würde es ganz natürlich finden, wenn du noch ein Stündchen in fröhlicher Gesellschaft bleiben würdest. Ich könnte ganz gut allein fahren und schicke dir dann den Wagen wieder zurück.«

»Sie sollten noch bleiben, mein gnädiges Fräulein«, bat nun auch Georg von Bornheim. Und Molly, die das hörte, kam herbei und fragte:

»Du willst doch nicht schon fort, Lia?«

Sie erhob sich. »Doch, Molly, ich fahre mit Onkel Joachim nach Hause. Ich möchte ihn auf keinen Fall allein heimfahren lassen.«

»Aber, Kind, ich bin doch kein Mummelgreis«, protestierte Joachim von Lankwitz.

Lia sah ihn schelmisch an und hängte sich in seinen Arm. »Du mußt dir schon noch ein Weilchen mein Regiment gefallen lassen, Onkelchen.«

»Also schön, ich füge mich.«

»Dann gestatten Sie mir, daß ich Sie ein Stück begleite, meine Herrschaften, ich will zur Stadt zurück«, sagte Georg von Bornheim bittend.

»Wir wollen Sie aber nicht vorzeitig der Gesellschaft entführen«, wandte Lia ein.

»Nein, meine Zeit ist ohnehin gleich abgelaufen.«

So brach er mit Herrn von Lankwitz und Lia auf. Die anderen Gäste winkten ihnen noch von der Terrasse nach.

Hanno stand mit der Gräfin an der Brüstung gelehnt.

»Georg von Bornheim scheint sich ernsthaft um Lia Reinach zu bewerben«, meinte die Gräfin mit einem vielsagenden Lächeln.

Hanno blickte überrascht auf. »Meinen Sie wirklich?«

»Ganz gewiß. Auch Molly machte mir schon Andeutungen. Georg sei sehr stark engagiert.«

Hanno sah dem Wagen nach, neben dessen Schlag Georg in lebhafter Unterhaltung herritt.

»Und Lia?« fragte er lachend und spöttisch.

»Wie sie zu Georg steht, weiß ich nicht. Ich finde aber, sie passen sehr gut zusammen, sie sind beide gleich langweilig«, sagte die Gräfin.

Hanno zuckte die Achseln. »Ich kenne beide zu wenig, um mir ein Urteil zu erlauben.«

»Ist es eigentlich wahr, daß Sie mit Ihrer Kusine auf so gespanntem Fuß stehen?«

Wieder zuckte er mit stark betontem Gleichmut die Achseln. »Auf gespanntem Fuß? O nein, Lia Reinach ist mir gleichgültig.«

»Ich hörte, daß Sie sich nicht einmal mit dem verwandtschaftlichen Du anreden.«

»Wir ziehen eben den förmlichen Verkehr vor.«

»Wie kühl! Ich finde, Lia ist doch eine sehr nette junge Dame und wird sonst von den Herren sehr geschätzt. Nach meinem Geschmack hat sie aber einen großen Fehler.«

»Und der wäre?« fragte Hanno gespannt.

»Sie ist mir zu vortrefflich. Ich mag im Grunde so vortreffliche Menschen nicht, weil ich selbst nicht vortrefflich bin.«

Über Hannos Antlitz flog ein verstehendes Lächeln. »Ganz mein Fall! Übrigens, ich meine, wir haben lange genug dies uninteressante Thema festgehalten, teuerste Gräfin; ich habe Ihnen soviel Wichtigeres zu sagen.«

Sie blickte rasch um sich und sagte leise: »Still, Molly kommt!«

Ihre Kusine trat auf sie zu und legte ihren Arm um die Gräfin.

»Wir wollen noch ein Spiel machen, Susanna. Herr von Lankwitz, Sie beteiligen sich doch auch?«

Obwohl Gräfin Susanna am liebsten mit Hanno allein

geblieben wäre, folgte sie doch Molly auf den Rasenplatz, wo die anderen sich bereits zum Spiel aufstellten.

Als sich Hanno gegen Abend verabschiedete, um heimzukehren, flüsterte ihm die Gräfin zu: »Also morgen im Pavillon!«

Er verneigte sich und küßte ihre Hand.

III

Am nächsten Tage wartete Hanno vergeblich auf Gräfin Susanna. Sie kam nicht, so daß er endlich verstimmt den Heimweg antrat.

Zu Hause angelangt, fand er ein Briefchen der Gräfin vor.

> »Lieber Herr von Lankwitz!
> Überraschenderweise ist heute vormittag mein Mann angekommen und will in Bornheim bleiben, bis ich mit ihm nach Berlin zurückkehre. Wir hoffen, Sie bald einmal hier in Bornheim zu sehen.
> Mit herzlichem Gruß
> Susanna Korff.«

Nun wußte Hanno den Grund, warum sie nicht gekommen war. Besonders schmerzlich war ihm diese Enttäuschung nicht. Denn im Grunde war ihm der Flirt mit der schönen Frau etwas unbequem geworden. Er merkte nur zu deutlich, daß sie diese Tändelei ernster nahm, als ihm lieb war.

Arme Susanna! Als vermögenslose Waise eines Offiziers hatte sie bei Verwandten eine keineswegs beneidenswerte Jugend verlebt, bis Graf Korff als Freier auftauchte. Mit Freuden hatte sie die Bewerbung des soviel älteren Mannes angenommen, die sie aus kleinen Verhältnissen erlöste und ihr ein äußerlich glänzendes Leben versprach. Der Luxus wurde ihr zur Gewohnheit und befriedigte sie bald nicht mehr. Ihr Gatte, für den sie ja von Anfang an keinerlei Neigung gefühlt, entpuppte sich immer mehr als ein verdrießlicher Nörgler, der ihr die Jugend neidete und sie mit eifersüchtigen Augen bewachte.

Als Hanno von Lankwitz ihren Weg kreuzte, fühlte Susanna, daß ihre Stunde geschlagen hatte. Rettungslos verlor sie ihr Herz an den jungen Offizier und liebenswürdigen Schwerenöter. Was ihm ein leichter Flirt war, wurde ihr zur verhängnisvollen Leidenschaft.. Er merkte zu spät, daß sie mehr als ein leichtes Spiel von ihm verlangte, und hätte sich nun gern zurückgezogen, wenn das möglich gewesen wäre. Aber die Gräfin hielt ihn fest.

Sie spielte, ohne daß er es ahnte, mit dem Gedanken, Hanno von Lankwitz an sich zu binden. Graf Korff war alt und kränklich. Sie würde diese Fesseln nicht ewig tragen müssen. Nach seinem Tod war sie frei und die reiche Erbin ihres Gatten. Sie hatte Hanno gegenüber wohl auch leise Andeutungen gemacht, zaghaft und behutsam, aber er war darüber hingeglitten, als verstände er sie nicht.

Als Hanno von Lankwitz etwa acht Tage später beim Frühstück saß und die Post durchsah, fand er zuerst ein kurzes Briefchen seiner Mutter. Sie war in einem vornehmen Schweizer Kurort mit der Baronin Lucknow und ihrer Tochter zusammengetroffen und versuchte es nochmals, ihren Sohn zu der Verbindung mit der Baronesse zu überreden.

Ärgerlich warf er den Brief auf den Tisch und griff zu den übrigen Postsachen. Sie brachten ihm, wie meist in dieser Zeit, nur Unerfreuliches: Mahnungen, Rechnungen und den Bericht seines Trainers, daß sein Pferd bedenklich erkrankt sei. Mit einem Kraftwort sprang er auf und durchmaß ein paarmal, mit sich selbst und der Welt unzufrieden, das Zimmer.

Was sollte er in dieser Verfassung tun? Nach Bornheim hinüberreiten? Graf Korff machte jedesmal ein so unfreundliches Gesicht, wenn er kam, und die Gräfin war einsilbig und bedrückt. Ein Vergnügen war solch ein Besuch also auch nicht, aber hier allein zu Hause sitzen, das hielt er auf die Dauer nicht aus; darum gab er kurz Befehl, sein Pferd zu satteln.

So ritt er in scharfem Galopp davon. Zuerst ging es durch den frühlingsfrischen Wald und dann über Wiesen und Felder auf der Grenze zwischen Nieder- und Oberlankwitz dahin. Es fiel ihm heute besonders auf, wieviel besser die Niederlankwitzer Felder und Wiesen bestellt waren. »Ich muß doch einmal mit Brandner sprechen, ob das wirklich nicht abzuändern ist«, dachte er.

Hanno nahm das Tempo langsamer und ritt nachdenklich weiter, eine Waldschneise entlang. Das war Niederlankwitzer Forst. Alles prachtvoller Waldbestand, dem der Sturm der letzten Nacht vergeblich zugesetzt hatte. Die Spuren des Windbruchs in den Beständen waren nur gering.

Plötzlich verhielt Hanno sein Pferd und lugte durch das Gebüsch nach der Waldlichtung hinüber, von der eine wohlbekammte Stimme an sein Ohr schlug. Ein Trupp Waldarbeiter war am Waldrand, wo der Sturm stärker gehaust hatte, mit Aufräumungsarbeiten beschäftigt, und mitten unter ihnen stand neben ihrem schlanken Goldfuchs Fräulein von Reinach und gab den Arbeitern die notwendigen Weisungen.

Reglos hielt er hinter dem Unterholz. Seine Augen hingen gebannt an Lias Gestalt. Wie bestimmt und sachgemäß sie ihre Anordnungen traf? Eine halb entwurzelte Birke, der der Sturm übel mitgespielt hatte, sollte wieder aufgerichtet und gestützt werden; dabei scheute sich Lia nicht, selbst mit anzufassen.

Hanno konnte den Blick nicht von ihr lassen; sie war ein Bild blühender Kraft! Und er? War er nicht auch solch wurzellockerer Baum? Wo war die Hand, die sich ihm entgegenstreckte, um ihn zu stützen und aufzurichten? Wie ein Blitz zuckte der Gedanke durch sein Hirn, dann lenkte er, als ob es sein müßte, sein Pferd zur Lichtung auf die Gruppe der Arbeiter zu.

»Guten Morgen, Lia!« rief er.

Sie zuckte zusammen und wandte sich nach ihm um. Grüßend zog er die Reitmütze und sah Lia mit seltsam glänzenden Augen an.

Sie konnte es nicht hindern, daß ein leichtes Rot über ihr Antlitz huschte, aber sie zwang sich zu einer ruhigen, kühlen Miene.

»Guten Morgen, Hanno!« erwiderte sie so ruhig, wie es ihr möglich war; dabei nestelte sie an der Schleppe ihres Reitkleides, um ihn nicht ansehen zu müssen, und streifte hastig ihre Handschuhe über. Dann trat sie an ihr Pferd heran, um aufzusteigen, und winkte einen der Leute herbei, um ihr in den Sattel zu helfen. Aber im selben Augenblick war Hanno auch schon abgestiegen.

»Gestatten Sie, daß ich Ihnen diesen Dienst leiste!« Er hielt ihr die Hand hin, in die sie nur zögernd den Fuß setzte.

Mit einem kräftigen Ruck hob er sie empor und reichte ihr die Zügel.

Sie dankte kurz und höflich.

»Reiten Sie nach Hause, Lia?« fragte er und schwang sich ebenfalls in den Sattel. Mit einem kurzen Ja antwortete sie.

»Gestatten Sie, daß ich mich Ihnen anschließe, bis unsere Wege sich trennen?«

Um ihre Lippen zuckte es leise. Am liebsten wäre sie ihm ausgewichen. »Ich will Ihre Zeit wirklich nicht unnötig in Anspruch nehmen.«

Er sah von der Seite forschend in ihr abgewandtes Gesicht.

»Soll das heißen: Sie sind mir lästig?« fragte er lachend.

Sie zuckte die Achseln. »Lästig? O nein! Aber ich will Sie einer unbequemen Höflichkeitspflicht gern entbinden.«

Ihre ablehnende Haltung reizte ihn. Er war es so gar nicht gewöhnt, von Frauen abweisend behandelt zu werden, aber er beherrschte sich und sagte: »Ich beobachtete Sie vorhin, als Sie zusammen mit den Arbeitern die Birke aufrichteten, und freute mich Ihrer jungen Kraft.«

»Schade, daß ich das nicht gewußt habe, wir hätten noch eine Hilfe brauchen können.«

Er sah sie einen Augenblick ganz verblüfft an, und dann lachte er. Es war ein frisches Lachen, das ihr wider Willen gefiel. »Daran habe ich wahrhaftig nicht gedacht. Es sah so hübsch aus, wie Sie so rank und schlank zwischen den Arbeitern standen! Darüber vergaß ich ganz, daß ich Ihnen besser geholfen hätte.«

»Und wenn Sie daran gedacht hätten, würden Sie es wohl getan haben?«

»Dann sicher. Zweifelten Sie daran?«

»Allerdings«, erwiderte sie ehrlich.

»So muß ich Ihnen bisher in einem sehr ungünstigen Licht erschienen sein.«

Sie zuckte die Achseln, ohne zu antworten. Als auch er schwieg, sagte sie nach einer kleinen Pause: »Wozu das alles, Hanno? Glauben Sie etwa, daß ich nicht wüßte, wie wenig verwandtschaftliche Gefühle man auf Oberlankwitz für mich hegt? Auch die Meinung Ihrer Mutter über mich ist mir nur zu gut bekannt.«

Er zuckte zusammen, wie von einem Peitschenschlag getroffen. »Wer sagt Ihnen, daß ich die Meinung meiner Mutter teile?«

Dabei sah er in ihr stolzes Gesicht. Es tat ihm weh, daß sie von seiner Mutter so gekränkt worden war. »Ich teile die Meinung meiner Mutter durchaus nicht! Ich gebe Ihnen mein Ehrenwort darauf«, versicherte er.

Langsam wandte sie ihm ihr Gesicht zu und sah ihn an. Sie war bleich, in ihren Augen lag ein seltsamer Ausdruck. Ihre Lippen bebten leise, als sie mit unsicherer Stimme sagte:

»Ich danke Ihnen für diesen Glauben. Ich wollte, ich könnte es Ihnen beweisen, daß mir nichts ferner liegt, als mich um ein Erbe zu bemühen, auf das Sie ein größeres Anrecht haben als ich. Aber hier trennen sich unsere Wege, ich muß eilen, nach Hause zu kommen. Guten Morgen!«

Und ehe er noch ein Wort erwidern konnte, sprengte sie im Galopp davon.

Hanno blickte ihr eine Weile in Gedanken versunken nach. Es war ihm lieb, daß sie nun wußte, daß er nicht den häßlichen Verdacht seiner Mutter teilte.

Daheim erwartete Hanno eine neue unangenehme Nachricht, ein Schreiben, in dem ihm die dritte Hypothek auf Oberlankwitz gekündigt wurde. Ein neuer Schlag, der ihn völlig unvorbereitet traf, ebenso wie seinen Inspektor, an den er sich sofort um Rat wandte.

»Raten Sie mir, lieber Brandner, was soll ich tun? An wen könnte man sich wenden?«

Die Mienen des Inspektors hatten sich umwölkt. »Das ist ein schwerer Schlag, Herr Baron. Oberlankwitz hat in den letzten Jahren bedeutend an Wert verloren, und nach meiner Meinung ist das Gut schon mit den beiden ersten Hypotheken reichlich belastet. So leicht wird sich niemand finden, der diese dritte Hypothek ablöst. Das hat uns gerade noch gefehlt, Herr Baron.«

Hanno sann hin und her, an wen er sich um Hilfe wenden könnte, und ein unheimliches, nie gekanntes Gefühl der Unsicherheit kam über ihn. Er kam sich vor wie ein Mensch, der über eine dünne Eisdecke laufen muß, die jeden Augenblick unter ihm zu bersten droht. Bis vor kurzem hatte er im Sonnenschein gelebt, nun waren plötzlich finstere Wetterwolken aufgezogen.

Der Inspektor nannte ein paar Namen, an die man sich vielleicht noch wenden konnte; viel Vertrauen schien er aber zu diesen Bittgängen selbst nicht zu haben. Mutlos und ohne Hoffnung verließ ihn Hanno.

Die nächsten Tage waren voller Aufregung. An eine Tür nach der anderen klopfte Hanno, um jemand zu finden, der für die abzulösende Hypothek eintrat. Aber überall begegnete er nur bedauerndem Achselzucken.

Jeder sagte ihm, was ihm sein Inspektor Brandner schon gesagt hatte, daß Oberlankwitz mit den beiden ersten Hypotheken zur Genüge belastet und im Wert bedeutend zurückgegangen sei.

Endlich entschloß sich Hanno in seiner Not dazu, sich mit seiner Bitte um Hilfe an den Grafen Korff zu wenden. Ihm wäre es ein kleines gewesen zu helfen, aber einmal empfand Graf Korff nicht die geringste Lust, eine so große Summe an eine solch unsichere Sache zu setzen, und dann hegte er für den jungen Offizier nichts weniger als Sympathie, denn er hatte wohl bemerkt, mit welchem Erfolg Hanno seiner Frau den Hof machte. So erhielt Hanno auch hier eine abschlägige Antwort.

Das war nun Hannos letzte Hoffnung gewesen. Es hatte ihn die größte Überwindung gekostet, gerade Graf Korff um Hilfe anzugehen. Nur auf den Rat Gräfin Susannas hin hatte er es getan.

Die Gräfin war außer sich über die Ablehnung ihres Gatten. Wenn Hanno nicht geholfen wurde, mußte er sich wohl oder übel durch eine reiche Heirat rangieren, und er entglitt ihren Händen.

Das sagte ihr Hanno auch mit knappen Worten, als er sie in den nächsten Tagen traf. »Mir scheint wirklich kein anderer Ausweg zu bleiben als eine reiche Heirat, ich muß mich mit dem Gedanken vertraut machen.«

Gräfin Susanna beschwor ihn diesen letzten Schritt nicht zu tun, um ihretwillen nicht!

Er war jetzt gar nicht in der Stimmung, das galante Spiel mit der Gräfin forzusetzen. Am liebsten hätte er vollständig mit Susanna gebrochen, aber er fürchtete, daß ihm die leidenschaftliche Frau eine Szene machte. Wohl oder übel mußte er ihr gegenüber seine Rolle weiterspielen so gut es ging.

Seiner Mutter hatte er geschrieben und ihr geschildert, wie sehr sich die Verhältnisse in den letzten Tagen zugespitzt hatten. Aber statt eines Trostes von ihrer Seite kam nur ein kurzer Brief, in dem es hieß: »Komm sofort hierher und halte um die Hand der Baronesse an. Du wirst mit offenen Armen aufgenommen werden. Einen anderen Ausweg kenne ich nicht und kann ich Dir nicht zeigen.«

Hanno war zumute, als stehe ihm seine Mutter plötzlich wie ein fremder Mensch gegenüber. Vor dem Ausweg, den sie ihm zeigte, graute ihm.

Als er, den Brief der Mutter noch in der Hand haltend, trostlos vor sich hinstarrte, kamen ihm plötzlich die Worte in den Sinn, die sein Inspektor heute morgen zu ihm gesprochen hatte:

»Gehen Sie doch zu Ihrem Herrn Onkel. Schlimmstenfalls ist auch das ein vergeblicher Weg wie die anderen. Aber Sie haben dann doch wenigstens alles versucht.«

Hanno rang lange mit sich. Dieser Weg schien ihm der schwerste und aussichtsloseste. Aber er war in den letzten Tagen so mürbe geworden, daß er sich doch endlich zu dem Entschluß aufraffte, nach Niederlankwitz zu reiten und Onkel Joachim um Hilfe zu bitten. Daß der Weg für ihn mit tausend Bitterkeiten verbunden sein würde, stand für ihn fest. Aber er raffte sich auf und befahl, sein Pferd zu satteln.

Kornelia von Reinach stand auf der blumengeschmückten Veranda und wartete auf Onkel Joachim, der noch sein Mittagsschläfchen hielt.

Sie hatte Hanno nicht ankommen sehen, weil er hinter dem Haus durch den Gutshof geritten war und dort sein Pferd einem Knecht übergab. Hanno ließ sich dann sofort bei Onkel Joachim melden.

Der Diener vermutete den alten Herrn bereits auf der Veranda. Als er Lia allein antraf, meldete er:

»Gnädiges Fräulein, der junge Herr Baron von Oberlankwitz ist soeben angekommen und möchte den gnädigen Herrn sprechen. Soll ich ihn hierherführen?«

Lia war leise zusammengezuckt. Hanno bei Onkel Joachim?

Sie ahnte, was ihn herführte, und konnte sich denken, wie sauer ihm dieser Weg geworden war.

Obwohl sie ihn mit all seinen Fehlern und Schwächen kannte, schlummerte doch im Grunde ihres Herzens ein tiefes Mitgefühl für ihn. Einen Moment überlegte sie. Dann sagte sie hastig:

»Führen Sie Herrn von Lankwitz hierher, Onkel wird gleich hier sein.«

Der Diener entfernte sich, und unmittelbar darauf trat Hanno durch eine der Glastüren auf die Veranda.

Lia erschrak über sein blasses Aussehen. In seinen Augen brannte ein unruhiges Feuer.

»Verzeihung, wenn ich störe, Lia. Ich möchte Onkel Joachim sprechen«, sagte er, sich verneigend.

Lia zwang sich zur Ruhe. »Bitte, nehmen Sie einen Augenblick Platz, Hanno. Ich will Onkel Joachim selbst sagen, daß Sie hier sind.«

Er verneigte sich dankend und ließ sich in einem der Korbsessel nieder. Nervös sah er der schlanken weiß gekleideten Mädchengestalt nach. Wie würde Onkel Joachim seinen Besuch wohl aufnehmen?

Als Lia eben den großen, an die Veranda stoßenden Saal durchqueren wollte, kam ihr Onkel Joachim schon aus seinem Zimmer entgegen.

»Wohin so eilig?« fragte er verwundert, als er Lias aufgeregte Miene sah.

»Ich wollte zu dir, Onkel, und dir sagen, daß Hanno soeben gekommen ist und dich alleine zu sprechen wünscht.«

Der alte Herr sah sie durchdringend an; dann strich er sanft über ihre blassen Wangen. Auf der Schwelle zur Veranda blieb er einen Augenblick stehen und tat überrascht. »Das muß ich sagen, ein seltener Besuch! Du, Hanno, bei uns in Niederlankwitz? Das ist ja beinahe ein historisches Ereignis!«

Hanno hatte sich erhoben. »Ich möchte dich gern in einer dringenden Angelegenheit sprechen, Onkel Joachim«, sagte er sichtbar erregt.

Der alte Herr reichte ihm die Hand und wies auf den Korbsessel, aus dem sich Hanno erhoben hatte. »So, So! Nun, weißt du, mein Junge, da mußt du dich schon noch ein paar Minuten gedulden, bis uns Lia den Kaffee gereicht hat. Solange hat es doch Zeit?«

Hanno verneigte sich zustimmend. Die Kehle war ihm wie zugeschnürt. Schweigend blickte er um sich. Wie lange war er nicht in Niederlankwitz gewesen? Jahre waren seit seinem letzten Besuch ins Land gegangen. Und doch war es ihm, als sei es erst gestern gewesen, so wenig hatte sich hier verändert.

Hätte er nicht die schwere Last auf dem Herzen gehabt, dann würde er sich in diesen stillen Frieden und das wohlige Behagen haben einspinnen lassen. Wie in einem schönen Traum sah er zu dem schlanken weiß gekleideten Mädchen hinüber. Wie anmutig Lia sich bewegte, als sie sich am Kaffeetisch zu schaffen machte und für ihn und ihren Onkel sorgte. Er hätte gern die feinen Hände geküßt, die sich für ihn mühten. Man sah ihnen so gar nicht an, daß sie so kraftvoll zufassen konnten, wenn es nötig war. Während die Herren den

Kaffee nahmen, wurde nur wenig gesprochen, aber Lias Augen blickten immer wieder still bittend zu Onkel Joachim hinüber.

Der alte Herr wußte genau, um was diese Augen so flehend baten. Hatte ihn Lia doch schon während der letzten Tage, seit sie gehört hatte, in welchen Schwierigkeiten sich Hanno befand, gebeten: »Wenn er zu dir kommt und dich um Rat und Hilfe bittet, Onkel Joachim, so schicke ihn nicht fort. Laß ihn nicht untergehen, er ist doch ein Lankwitz!«

Hanno wurden die kurzen Minuten zur Ewigkeit, bis der alte Herr endlich seine Tasse hinstellte und zu ihm sagte: »Nun also, dann komm bitte mit in mein Arbeitszimmer, dort sind wir ungestört.«

Im Arbeitszimmer schob Joachim von Lankwitz seinem Neffen den Zigarrenkasten hin und deutete einladend auf einen Sessel. »Hier sind Zigarren, bediene dich, wenn du willst.«

Hanno ließ sich in den Sessel nieder. »Danke, ich möchte jetzt nicht rauchen, Onkel Joachim.«

»Nun, wie du willst. Aber mir gestattest du eine Zigarette. Nach dem Kaffee ist das so meine alte Gewohnheit.«

»Bitte, laß dich nicht stören.«

Der alte Herr zündete sich eine Zigarette an und setzte sich Hanno gegenüber. »Also, was hast du mir zu sagen, mein Junge?«

Hanno atmete tief auf. »Es ist mir nicht leichtgefallen, Onkel Joachim, mit meinem Anliegen zu dir zu kommen. Ich habe erst alles andere versucht und alle möglichen Schritte unternommen. Es war aber alles vergeblich. Und nun komme ich schweren Herzens mit einer großen Bitte zu dir. Mir ist die dritte Hypothek auf

Oberlankwitz gekündigt worden, bis zum Herbst muß ich das Geld schaffen. Wo ich auch anklopfte, überall habe ich einen abschlägigen Bescheid erhalten. Würdest du dich nicht entschließen können, diese Hypothek zu übernehmen, Onkel?«

Joachim von Lankwitz stieß den Rauch seiner Zigarette heftig von sich und sah Hanno scharf an. »Hältst du mich wirklich für so leichtsinnig, mein Junge? Denkst du, ich werfe mein Geld in einen bodenlosen Abgrund? Du weißt doch so gut wie ich, daß Oberlankwitz, so wie die Dinge jetzt liegen, schon mit den ersten beiden Hypotheken überlastet ist. Daß man dir die dritte Hypothek kündigen würde, war vorauszusehen. Als sie vor zirka zehn Jahren aufgenommen wurde, war Oberlankwitz noch bedeutend mehr wert als jetzt. Ich bedauere den Mann, dem diese dritte Hypothek gehört, denn er wird kaum zu seinem Geld kommen. Ersatz wirst du nicht schaffen können, und läßt es der Hypothekenbesitzer wirklich zum Äußersten kommen und bringt Oberlankwitz unter den Hammer, dann fällt die dritte Hypothek glatt aus. Du siehst, ich überblicke die Sachlage ganz klar. Den Weg zu mir hättest du dir also sparen können. Daß er dir schwer geworden ist, glaube ich dir gern.«

Ganz ruhig und sachlich hatte der alte Herr gesprochen, und nur in seinen hellen Augen funkelte es lebhaft.

Hanno preßte die Lippen fest zusammen, dann sagte er tonlos: »Es war meine letzte Hoffnung, Onkel Joachim. Ich sehe jetzt ein, daß du recht gehabt hast, mich zu warnen. Ich war unverantwortlich leichtsinnig und habe deine Ermahnungen in den Wind geschlagen, weil ich nicht glaubte, daß es um uns so schlecht stünde. Den

Ernst der Lage habe ich erst in den letzten Wochen überblicken gelernt. Aber da war es schon zu spät. Ich will nichts beschönigen und nichts entschuldigen, aber bei uns hat jedes so in den Tag hinein gelebt, und Mama lachte mich immer aus, wenn ich meine Bedenken äußerte. Jetzt ist mir zumute wie einem Nachtwandler, der auf schwindelndem Weg plötzlich angerufen wird und nun entsetzt den Abgrund sieht, in den er unbedingt stürzen muß, wenn sich ihm nicht eine rettende Hand bietet. Willst du das nicht tun, wenn ich dich herzlich darum bitte? Ich gebe dir mein Wort, es soll nun alles anders werden. Ich will mich einschränken bis zum äußersten und auch Mama darum bitten, daß sie es tut. Hilf mir, Onkel Joachim! Du allein kannst es tun.«

Aufatmend schwieg Hanno still und sah den alten Herrn flehend an.

Ein Jammer ist's, daß sie mir den Jungen so verdorben haben. In meiner Hand wäre etwas Besseres aus ihm geworden, dachte der alte Herr.

Sich aufrichtend machte er eine Bewegung, als schiebe er etwas weit von sich. »Wenn ich dir jetzt helfen würde, wäre doch bald alles wieder beim alten! Du bist zu leichtsinnig und energielos, als daß du dich plötzlich ändern könntest. Nein, mein Junge, dazu hast du nicht die Kraft! Allein brächtest du das jedenfalls nicht fertig, wenn nicht eine starke Hand dich führt und deine Mutter in ihren übermäßigen Geldausgaben beaufsichtigt. Was sagt deine Mutter denn eigentlich zu dem allen?«

»Mama ist nicht zu Hause. Sie hält sich in einem Schweizer Kurort auf.«

Joachim von Lankwitz lachte zornig auf und schlug mit der Hand auf den Tisch. »Das sieht ihr ähnlich? Hast du ihr denn geschrieben, wie es hier steht?«

»Ja, Onkel Joachim.«

»Nun – und? Was hat sie dir geantwortet?«

»Sie bittet mich, zu ihr zu kommen. Sie ist mit der Baronin und der Baronesse Lucknow zusammen. Doch das teile ich dir unter strengster Diskretion mit: Mama hat mit der Baronin den Plan geschmiedet, mich mit der Baronesse, die bekanntlich Millionärin ist, zu verheiraten. Die Baronesse ist einverstanden.«

Es zuckte und wetterleuchtete im Gesicht des alten Herrn. Er kannte die Baronesse und konnte die Tragweite dieser Mitteilung deshalb klar erfassen. Ein grimmiges Lächeln spielte um seinen Mund. Aber zugleich bohrte sich sein Blick mit einem seltsamen Ausdruck in den Hannos.

»So, so! Die Baronesse Lucknow? Deine Mutter ist doch ein Genie! Nun, und du? Ich begreife nicht, daß du bei solchen Aussichten dir den unangenehmen Weg zu mir gemacht hast, statt dich auf die Bahn zu setzen und deine Mutter aufzusuchen.«

Hanno sah in verwundert an. »Kennst du die Baronesse persönlich, Onkel Joachim?«

Der alte Herr warf den Rest seiner Zigarette in die Aschenschale. »Jawohl, ich kenne sie ganz genau.«

Mit großen ernsten Augen blickte ihn Hanno an. »Dann wirst du begreifen, daß ich diesen Ausweg unmöglich wählen kann.«

Joachim von Lankwitz beugte sich weit vor. »Du wirst es nicht tun?« fragte er mit verhaltener Stimme.

»Nein, um keinen Preis! Wenn es nicht gerade die bedauernswerte Baronesse wäre, ich würde mich nicht lange bedacht haben, denn es steht zuviel für mich auf dem Spiel, und ich fühle erst jetzt, wie ich mit allen Fasern meines Herzens an Oberlankwitz hänge. Aber dies Opfer ist mir zu groß; lieber Steine klopfen.«

Hanno hatte die Worte heftig hervorgestoßen.

Der strenge Ausdruck im Gesicht des alten Herrn milderte sich ein wenig. »So, so, also lieber Steine klopfen – drüben in Amerika natürlich? Aber das ist nicht so leicht, mein Junge; das will auch erst gelernt sein.«

Hanno erhob sich und richtete sich straff auf. »Nach Scherzen ist mir nicht zumute, Onkel Joachim.«

»Du glaubst, ich scherze? Nein, dazu ist mir vielleicht noch weniger zumute als dir, denn mir kann es nicht gleichgültig sein, wenn Oberlankwitz unter den Hammer kommt. Also setz dich ruhig wieder nieder.«

Hanno folgte dem Wink des Onkels. »Du würdest mir also unter keiner Bedingung helfen, Onkel Joachim?«

Der alte Herr sah eine Weile nachdenklich vor sich hin. Dann hob er den Kopf und blickte unter den buschigen Brauen hervor Hanno durchdringend an, als prüfe er ihn noch einmal bis aufs Herz. Und dann sagte er langsam: »Unter ganz bestimmten Bedingungen würde ich vielleicht – ich sage ausdrücklich vielleicht – die Hypothek ablösen. Diese Bedingungen müßtest du erfüllen, weil sie nach meiner Ansicht allein die Garantien dafür böten, Oberlankwitz wieder zu dem zu machen, was es war!«

Ein Hoffnungsschimmer leuchtete in Hannos Augen auf.

»Welche Bedingungen wären das, Onkel Joachim? Sag sie mir!«

Wieder zögerte der alte Herr eine Weile. Dann erhob er sich, trat zur Tür und zog den dicken Friesvorhang vor. Auch das offenstehende Fenster schloß er. Dann trat er vor Hanno hin. »Ich will dir die Bedingungen nennen! Aber erst gib mir dein Ehrenwort, daß das, was ich dir jetzt sage, unter uns bleibt, gleichviel, wie du dich entscheiden wirst.«

Hanno sah vertrauensvoll zu ihm auf. »Mein Ehrenwort, Onkel Joachim.«

»Gut.«

Der alte Herr ließ sich wieder nieder und rückte seinen Sessel nahe an Hanno heran. »Also höre zu«, fuhr er fort. »Meine Bedingungen sind folgende. Erstens: du nimmst sofort den Abschied, denn dein flottes Leutnantsleben verschlingt zu viel Geld. Zweitens: du verpflichtest dich, deiner Mutter eine von mir zu bestimmende Rente zu zahlen für ihre persönlichen Bedürfnisse, und darüber hinaus keinen Pfennig zu bewilligen. Und drittens würde ich verlangen, daß du dich verheiratest – und zwar mit meiner Nichte Kornelia von Reinach.«

Hanno fuhr bei den letzten Worten jäh empor. »Onkel Joachim!«

Der alte Herr legte beschwichtigend seine Hand auf Hannos Arm. »Höre mich erst ruhig an. Ich habe Gründe, diese drei Bedingungen zu stellen. Das Schicksal von Oberlankwitz liegt auch mir am Herzen, sonst würde ich gar nicht erst mit dir verhandeln. Auch dich möchte ich nicht gern verlorengeben. Am Ende steckt trotz deines Leichtsinnes doch noch ein guter Kern in dir. Es hat mich lange geschmerzt, daß ich alles so kommen sah, wie es kommen mußte, und ich hatte einen tiefen Groll gegen dich. Aber trotzdem, gut bin ich dir doch, wenn ich auch Lia zu meiner Universalerbin eingesetzt und dich, den letzten Lankwitz, enterbt habe. Sehr schwer ist mir das geworden, aber ich tat's, weil mein Besitz in Lias Händen gut aufgehoben ist. Sie ist willensstark und zielbewußt. Wenn du Lia zur Frau bekämst, ich glaube, dann wäre noch etwas aus dir zu machen. Eine verständige, tüchtige Frau vermag viel über einen Mann, so gut wie eine untüchtige unverständige ihn zugrunde richten kann. Und wenn Lia in Oberlankwitz Herrin würde, dann würde das Gut mit meiner Unterstützung wieder aufblühen. Ich hätte dann das Bewußtsein, daß Ober- und Niederlankwitz eines Tages wieder zusammengehörten und daß ein Lankwitz darauf säße, wie seit Väterzeiten! Nun kennst du meine Bedingungen, jetzt kannst du reden.«

Hanno war im Augenblick keines Wortes mächtig. Das, was ihm der alte Herr eben gesagt, hatte einen tiefen Eindruck auf ihn gemacht. Trotzdem war sein erstes Empfinden, daß er sich zur Wehr setzen müsse. Aber das war nur ein momentanes Aufwallen. Dies Gefühl ging plötzlich in einem anderen unter. Er sah im Geist wieder Lia vor sich, so, wie er sie neulich im Wald in ihrer blühenden Kraft unter den entwurzelten Bäumen gesehen hatte. War er nicht auch solch ein entwurzelter Baum, dem eine starke helfende Hand not tat?

Es flutete ein seltsam warmes Empfinden über seine Seele. Das war ein anderes Gefühl, als wenn ihm zugemutete würde, die Baronesse Lucknow zu heiraten. Lia von Reinach war ein kraftvolles jugendschönes Geschöpf, das einen Mann wohl beglücken konnte. Und sie war imstande, ihm Hochachtung und Sympathie einzuflößen, wenn er sie auch nicht liebte.

Die beiden anderen Bedingungen seines Onkels erschienen Hanno, wie die Dinge jetzt für ihn lagen, nicht unannehmbar. Half ihm Onkel Joachim jetzt nicht, dann war es ohnedies mit dem Offiziersberuf vorbei, und seiner Mutter stand dann Schlimmeres bevor als nur eine gewisse Einschränkung.

Er atmete tief auf.

Schließlich hatte er ja doch damit rechnen müssen, sich durch eine reiche Heirat zu rangieren. Und Lia war ihm durchaus sympathisch, ja, sie interessierte ihn sogar seit jener Begegnung im Wald. Schwerlich fand er, wenn er nun doch nach Geld heiraten mußte, ein Mädchen, das ihm mehr zugesagt hätte als sie.

Im Grunde war also Onkel Joachims Vorschlag das im Augenblick Nächstliegende. Freilich geriet er dadurch in eine gewisse Abhängigkeit, aber das konnte bei jeder anderen Heirat ebenso der Fall sein, vielleicht in einer noch viel drückenderen Form.

So gingen seine Gedanken hin und her.

Der alte Herr ließ ihm ruhig Zeit zum Überlegen und störte ihn nicht.

Daß Hanno nicht sofort mit beiden Händen zugriff, gefiel ihm sogar.

Daß sein Vorschlag zum Glück der beiden ausschlagen würde, davon war der alte Herr im Innersten seines Herzens fest überzeugt, wußte er doch, daß Lia, sein Liebling, Hanno ihr junges Herz längst zugewandt hatte, auch wenn sie es sich heute noch nicht einzugestehen wagte. Und um Hanno war ihm nicht bange. Eine Frau wie Lia mußte ihm ein beglückendes Gefühl abzwingen, wenn er sie nur erst besser kannte, und schließlich würde eine tiefe, echte Liebe diesen Lebensbund krönen.

Lange saßen sich die beiden Männer stumm gegenüber.

Hanno war sonst den Frauen gegenüber in allen Lagen seines Sieges sicher gewesen, aber Lia hatte ihn neulich bei der Begegnung im Wald so kalt und abweisend behandelt, daß er sehr daran zweifelte, ob sie würde seine Frau werden wollen. Sie hatte ihm sogar ziemlich deutlich zu verstehen gegeben, daß sie eine wenig gute Meinung von ihm hatte. Er rief sich jedes ihrer Worte ins Gedächtnis zurück. Sie waren schroff und abweisend gewesen. Nur einmal hatten ihre Augen wärmer geleuchtet, als er ihr gesagt, daß er sie nicht für eine Erbschleicherin hielt. Aber das hatte mit seiner Person natürlich nichts zu tun. Viel Hoffnung war also nicht für ihn vorhanden.

Noch eine Weile zögerte er. Dann atmete er tief auf und sagte, seine Erregung meisternd: »Du siehst mich etwas fassungslos, Onkel Joachim. Deine ersten beiden Bedingungen zu erfüllen, würde mir nicht schwer fallen, wie jetzt die Dinge liegen. Die kommen nicht weiter in Betracht.«

»Also du würdest den Dienst quittieren?«

»Gewiß, wenn es sein muß.«

»Warum hast du es dann nicht schon längst getan?«

»Weil ich es noch nicht für nötig hielt.«

»Ich habe dir doch aber wiederholt gesagt, daß es nötig ist, habe dabei allerdings angenommen, daß du mit Leib und Seele Soldat warst.«

»Trotz deiner Mahnungen glaubte ich eben nicht an den Ernst meiner Lage. Und Soldat war ich gern, weil ich einsah, daß ich zum Landwirt wenig Talent habe.«

»Das lernt sich. Aber die Berliner Luft hielt dich natürlich fest.«

»Ich gebe das zu. Solange ich sorglos war, fühlte ich mich in Berlin wohl und behaglich. Jetzt würde das wohl anders sein. Also diese Bedingung und auch die andere, die Mama betrifft, wäre kaum schwer zu erfüllen. Aber deine letzte Bedingung – du hast wohl nicht bedacht, daß ich die nicht allein erfüllen kann. Hier hat doch Lia das erste Wort zu sprechen.«

»Allerdings.«

»Weißt du denn, ob Lia bereit sein würde, meine Frau zu werden?«

Der alte Herr zögerte mit seiner Antwort. Es stand fest bei ihm, daß er Lias Herzensgeheimnis, das sie sich vielleicht nicht einmal selbst eingestand, mit keinem Wort verraten dürfe. Außerdem war er ja seiner Sache durchaus nicht sicher, daß Lia, um Hanno zu retten, das Opfer bringen würde, ihm ihre Hand zu reichen, da sie ja wissen mußte, daß er nicht aus Liebe um sie anhielt.

Er fuhr sich über den starken kurzen Schnurrbart und richtete sich entschlossen auf. »Ich setzte natürlich voraus, daß Lia sich meinem Wunsch fügen würde, wenn sie ihn kennenlernt. Keinesfalls würde ich aber irgendeinen Zwang auf sie ausüben. Doch ihre Zustimmung zu erbitten, wird erst nötig sein, wenn du mir deine Einwilligung gegeben hast. Vorher möchte ich diese Angelegenheit gar nicht vor ihre Ohren bringen. Erst muß ich deine Zustimmung haben. Ich gebe dir natürlich gern einige Tage Bedenkzeit, wenn du es willst. Du brauchst dich nicht schon heute zu entschließen.«

Damit erhob er sich und reichte Hanno die Hand. »Wenn du also einen Entschluß gefaßt hast, dann laß von dir hören, mein Haus steht dir zu jeder Stunde offen!«

Hanno verneigte sich stumm und verließ das Herrenhaus, ohne Lia noch einmal gesehen zu haben.

IV

Drei Tage später ließ sich Hanno um dieselbe Stunde bei seinem Onkel melden. Wieder saßen die beiden im Zimmer Joachims von Lankwitz einander gegenüber. In knappen Worten erklärte Hanno, daß er entschlossen sei, sich den drei Bedingungen des alten Herrn zu fügen und um Lias Hand zu bitten.

Der nickte ernst und sah Hanno fest in die Augen, dann sagte er langsam: »Ich werde Lia sofort rufen lassen; es ist das beste, daß sie es gleich in deiner Gegenwart erfährt.«

Er schellte nach dem Diener und gab ihm Auftrag, Lia zu bitten.

Und dann standen sich die beiden Herren stumm und erwartungsvoll gegenüber, bis Lia nach einer Weile erschien.

Ihre Augen blickten mit bangem, fragendem Ausdruck in die ihres Onkels, aber das, was sie darin las, schien ihr eine schwere Last von der Seele zu nehmen. Lia atmete erleichtert auf. Sie stand mitten in dem in dunklen, ernsten Farben gehaltenen Zimmer wie eine weiße Lichtgestalt. Die durch das Fenster hereinscheinende Sonne hüllte die schlanke Mädchengestalt in ein strahlendes Licht und streute goldene Funken über das flechtengeschmückte Haupt. In ihren braunen Augen leuchtete es, als hätten sich ein paar verlorene Sonnenstrahlen darin gefangen.

»Du hast mich rufen lassen, Onkel Joachim?«

Der alte Herr trat auf sie zu und faßte ihre Hände. Ernst und lange schaute er ihr dabei in die Augen. »Ich habe dir eine sehr wichtige Mitteilung zu machen, Lia.

Hanno von Lankwitz hat soeben bei mir um deine Hand angehalten.«

Lia zuckte zusammen und erblaßte. Sie löste ihre Hände aus denen des Onkels und stand mit erhobenem Haupt den beiden Männern gegenüber. Ihre Augen sahen groß und starr in Hannos Gesicht.

Sie meinte in seinem Antlitz noch nie einen so ernsten Ausdruck gesehen zu haben. Seine Züge schienen ihr merkwürdig gereift und vertieft, als sei er um Jahre älter geworden.

»Onkel Joachim, das verstehe ich nicht – das kann nicht sein«, stieß sie hastig hervor.

Der alte Herr faßte wieder ihre Hand. »Höre mich an, mein Kind! Ich will dir erst alles erklären. Du weißt, ich habe es gewußt, daß Hanno vor dem Ruin steht, wenn es ihm nicht gelingt, Ersatz für die gekündigte Hypothek zu finden. Er hat vergeblich versucht, das Geld aufzutreiben. Sein letzter Weg war zu mir. Er bat mich um Hilfe, und ich wies ihn ab.«

»Onkel Joachim!« Es klang wie ein Aufschrei der Angst.

Er streichelte beruhigend ihre Hand. »Warte, mein Kind, ich bin noch nicht zu Ende. Ich habe Hanno erklärt, daß ich ihm nur unter der Bedingung das Geld geben würde, daß er dich als Herrin nach Oberlankwitz heimführen würde. Ich gab ihm Bedenkzeit. Heute hat er mir erklärt, daß er gern bereit sei, seinerseits diese Bedingung zu erfüllen. Er sagt mir, daß er es sich zur Ehre rechnen würde, dich um deine Hand bitten zu dürfen.«

Hanno trat nach diesen Worten des alten Herrn an Lia heran. »So ist es, Lia. Ich gestehe Ihnen ganz offen, daß ich es nie gewagt hätte, um Ihre Hand anzuhalten, wenn mich Onkel Joachim nicht dazu ermutigt hätte. Diese Offenheit bin ich Ihnen schuldig. Ich muß an Ihre Großmut appellieren, denn ich habe Ihnen nicht viel zu bieten, während Sie jetzt mein Schicksal in der Hand halten.«

Lia hatte bei seinen Worten den Kopf gesenkt wie unter einer schweren Last, die man ihr aufbürdete. Einige Minuten verharrte sie so. Dann hob sie langsam das Haupt und sah Onkel Joachim flehend an.

»Und das ist wirklich deine unumstößliche Bedingung, Onkel Joachim, an die du deine Hilfe knüpfst?« fragte sie leise.

»Ja«, antwortete er fest. »Ich gebe das Geld nur unter der Bedingung, daß du Herrin auf Oberlankwitz wirst. Es wäre mein Herzenswunsch erfüllt, wenn einst nach meinem Tod Ober- und Niederlankwitz vereint würden. Du hast mich so oft gebeten, Hanno nicht zu enterben. Er ist der letzte Lankwitz! Nun ist es in deine Hand gegeben, ihm sein Erbe zu erhalten. Du sollst frei entscheiden, ich werde keinen Zwang auf dich ausüben! Und wenn du willst, kannst du dir Bedenkzeit ausbitten.«

Der alte Herr hatte jedes seiner Worte mit Bedacht gewählt. Er wußte, wie sie auf Lia wirken mußten. Zugleich wollte er aber Hanno damit vor Augen führen, daß Lia ein großherziges Opfer bringen würde, wenn sie seine Werbung annahm.

Lia schlang wie in hilfloser Pein die Hände zusammen.

Ihr Blick flog noch einmal zu Hanno hinüber. Sie las in seinen Augen die Qual, die ihm diese Stunde brachte, und zugleich die Spannung, wie sie sich entscheiden würde. Dieser Anblick griff ihr ans Herz. Sie wußte ja, daß er nur gezwungen um sie anhielt, wußte, daß er keine Liebe für sie hegte. Es war eine bittere Demütigung für ihren Stolz, wenn sie trotzdem sich bereit erklärte, die Seine zu werden. Und nur eins konnte ihr diese Demütigung erleichtern, wenn sie ihr eigenes Herz fest in die Hand nahm, wenn sie es hütete und Hanno nicht wissen ließ, wie es ihm heimlich entgegenschlug.

Sie schwieg einen Augenblick, dann richtete sie sich empor und sagte so ruhig sie konnte mit verhaltener Stimme: »Ich will deinen Wunsch erfüllen, Onkel Joachim, und Hanno helfen, sich deiner Bedingung zu fügen. Hier ist meine Hand, Hanno, ich reiche sie Ihnen auf treue Kameradschaft. Ich will nicht die Schuld daran tragen, daß der letzte Lankwitz enterbt wird.«

Hanno erfaßte mit tiefer Bewegung ihre Hand. »Ich danke Ihnen, Lia, danke Ihnen von ganzem Herzen«, sagte er ergriffen und drückte seine Lippen auf ihre Hand.

Sie machte sich rasch frei und trat einen Schritt zurück. »Es bedarf keines Dankes. Und jetzt gestattest du mir wohl, Onkel Joachim, daß ich gehe, ich möchte allein sein!«

Der alte Herr zog sie in seine Arme. Ihr blasses gequältes Gesicht verriet ihm den Sturm in ihrem Innern.

Zärtlich und liebevoll strich er ihr über das Haar. »Ja, geh, mein Kind. Ich habe mit Hanno noch mancherlei zu besprechen. Wenn wir zu Ende sind, lasse ich dich nochmals rufen.«

Sie konnte nicht antworten. Stumm neigte sie das Haupt und verließ eilig das Zimmer. Hanno sah ihr nach. Er machte eine Bewegung, als wollte er ihr folgen. Aber der alte Herr hielt ihn zurück.

»Laß sie nur gehen! Sie ist eine von den Naturen, die jede tiefere Erregung in der Stille ausklingen lassen müssen. Daß sie jetzt ein wenig aus dem Gleichgewicht geworfen ist, wirst du verstehen. Sie ist ein zu tief angelegter Charakter, um leichten Herzens einen solchen Schritt zu tun.«

Hanno sah noch immer nach der Tür, durch die Lia verschwunden war.

Der alte Herr folgte seinem Blicke, dann sagte er ernst: »Du hast ein Kleinod gewonnen, dessen wahren Wert du noch nicht zu ermessen vermagst. Sieh zu, daß es dir nie wieder verloren geht!«

Hanno strich sich über die Stirn. »Und doch weiß ich nicht, ob ich solch ein Opfer von Lia annehmen durfte. Hat sie denn nicht unter einem Zwang gehandelt?«

Es zuckte langsam auf in den Augen des alten Herrn. »Darüber mach dir keine Sorgen. Lia ist ein viel zu gefestigter Charakter, als daß sie nicht wüßte, was sie will. Gegen ihren Willen hätte sie nichts bewegen können, ihr Jawort zu geben. Da sie es getan hat, wird sie sich auch mit den Folgen abfinden. Eine Stunde des Alleinseins wird ihr das seelische Gleichgewicht wiedergeben.«

»Was hat sie bewogen, mir ihr Jawort zu geben?«

Der alte Herr ließ sich in seinen Sessel nieder. »Sie hat gewußt, daß sie mir damit einen Herzenswunsch erfüllt, und außerdem hat sie stets das drückende Gefühl gehabt, daß ich dich zu ihren Gunsten benachteilige.«

»Meinst du, daß sie nur von den Erwägungen geleitet wurde?«

»Es können auch noch andere Gründe bei ihr mitsprechen. Auf alle Fälle aber hätte sie sich nicht gefügt, wenn ihr Herz schon einem anderen Mann gehörte!«

Hanno sah den alten Herrn forschend an. »Und weißt du bestimmt, daß dies nicht der Fall ist?«

Onkel Joachim nickte energisch. »Ja, ganz bestimmt. Wenn sie bereits einen anderen liebte, hätte sie nichts bestimmen können, dir ihre Hand zu reichen. Da kannst du ganz sicher sein. Aber nun genug davon, ich möchte mit dir noch die beiden anderen Punkte besprechen. Da ist zuerst dein Abschied. Ich wünsche, daß du sofort darum einkommst.«

»Wenn du es willst, gewiß, Onkel!«

»Gut. Und nun zu deiner Mutter. Wie ich die Sache übersehe, wird sie von dieser Ehe wenig erbaut sein. Wie sie über Lia denkt, weißt du ja, und wie ich deine Mutter kenne, läßt sie sich nicht so leicht an einer vorgefaßten Meinung irremachen. Unwillkommen wird ihr Lia auf jeden Fall als Schwiegertochter sein. Die Baronesse Lucknow wäre ihr sicher lieber gewesen.«

Es lag ein grimmiger Hohn in den Worten des alten Herrn.

Hanno strich sich in Gedanken verloren über die Stirn. »Überlaß es mir, Onkel Joachim, das mit Mama ins reine zu bringen. Mein Wille ist in einer so wichtigen Frage der entscheidende!«

»Gewiß! Es kann überhaupt nicht schaden, wenn du deiner Mutter gegenüber einmal energisch deinen Willen geltend machst. Sie gehört zu den Frauen, die alles versuchen, den männlichen Willen unter den ihren zu beugen, die sich aber schließlich doch einem zielbewußten Willen unterordnen. Um Lia ist mir darum nicht bange. Sie hat das Zeug dazu, deiner Mutter trotz aller Abneigung zu imponieren, und wird in aller Ruhe den richtigen Ton treffen, wenn sie erst deine Frau ist. Wer weiß, was wir da noch für Wunder erleben! Wenn du also deiner Mutter die Verlobung mit Lia mitteilst, dann kannst du ihr auch gleich schreiben, daß mir in Zukunft die Bücher von Oberlankwitz zur Durchsicht vorgelegt werden müssen und daß sie für ihre Person nicht mehr als – er nannte eine nur bescheidene Summe – im Jahr verbrauchen darf. Da sie in Oberlankwitz freien Lebensunterhalt hat, betrachte ich diese Summe für ausreichend, um ihr Toilettenbudget zu bestreiten.«

Hanno lächelte melancholisch. »Bisher hat Mama allerdings das Fünffache dieser Summe für sich verbraucht. Aber natürlich geht das nicht so weiter.«

»Allerdings nicht! Wahrscheinlich wird sie glauben, damit nicht auskommen zu können. Aber sie muß es können!«

»Ich werde es ihr mitteilen.«

»Mach dich auf einen Sturm gefaßt.«

»Ich werde festbleiben, Onkel Joachim. Ich habe Mama bereits das Geld für die letzte Reise verweigern müssen, sie hat es sich aber dadurch verschafft, daß sie einige Schmucksachen verkauft hat.«

Der alte Herr schüttelte nachdenklich den Kopf. »Unglaublich!«

»Vielleicht meinte Mama, diese Reise nicht aufgeben zu können, weil sie mit den Lucknows zusammentreffen und die Verbindung zwischen der Baronesse und mir einleiten wollte. Sie wird die Hoffnung auf Erfüllung dieses Wunsches, mit dem sie ja sicher mein Bestes im Auge hat, noch nicht aufgegeben haben. Nun, sie wird sich dareinfinden müssen, daß ich anders über mein Leben bestimmt habe. Und ich gebe dir nochmals mein Wort, in Zukunft werde ich sehr sparsam sein. Die letzten Wochen sind mir eine gute Lehre gewesen, die ich nicht vergessen werde.«

Der alte Herr sah ihn ernst an. »Es soll mich freuen, wenn du dir das zu Herzen nimmst. Ich habe die feste Überzeugung, daß du dich nicht selbst aufzugeben brauchst! Und ich will alles daransetzen, daß Ober- und Niederlankwitz in Zukunft einen Herrn bekommen, wie er nach meinem Herzen ist. Nimm dich selbst fest an die Kandare, mein Junge. Es muß dein Ehrgeiz sein, alles zu tun, was in deiner Kraft steht, um die Fehler deiner Erziehung wieder gutzumachen. Dann brauchst du keinen Lehrmeister mehr.«

Kornelia von Reinach hatte jetzt nur einen Wunsch, allein zu sein. Regungslos saß sie in ihrem Zimmer am Fenster und blickte in den Park hinaus. Noch einmal durchlebte sie in ihrem Inneren die letzte Stunde. Keinen Augenblick war sie darüber im Zweifel gewesen, daß Hanno von Lankwitz nur die höchste Not zu seiner Werbung getrieben hatte, daß es im letzten Grunde Onkel Joachim war, der ihn dazu veranlaßt hatte. Wie beschämend für sie.

Und doch hatte sie ihn nicht mit einem stolzen Nein abgewiesen, wie sie es, obwohl sie ihn liebte, so gern getan hätte! Warum hatte sie ihren Stolz geopfert? Nur weil sie Onkel Joachims Wunsch erfüllen wollte? Nein, sie war eine viel zu wahrhaftige Natur, um sich jetzt nicht offen einzugestehen, daß sie Hanno schon seit langem liebte, so wie er war, trotz all seiner Fehler und Schwächen. Aber sie wußte ebenso gewiß, daß er kein wärmeres Gefühl für sie empfand als höchstens eine gewisse Dankbarkeit dafür, daß sie ihm aus seinen Nöten half.

Weil sie ihn liebte, hatte sie das Opfer ihres Stolzes gebracht, aber nun mußte ihr Stolz ihr auch die Kraft geben, kühl und gelassen neben Hanno zu leben, als sein guter Kamerad, so, wie sie es ihm versprochen hatte. Er durfte nicht ahnen, wie ihm ihr Herz entgegenschlug; sie würde es fest in Händen halten!

Als sie etwa eine Stunde später von dem Diener wieder in Onkel Joachims Arbeitszimmer gebeten wurde, folgte sie diesem Ruf ruhig und gefaßt. Nichts in ihrem Äußeren verriet, welchen Kampf sie mit sich selbst durchgerungen hatte. Ihre Augen blickten klar und ruhig, und auf ihren Zügen lag der Ausdruck eines festen Entschlusses.

Als sie auf der Schwelle erschien, trat Hanno auf sie zu, um ihr noch einmal zu danken. »Ich verspreche Ihnen, Lia, ich will alles tun, was in meiner Kraft steht, um Sie diesen Schritt niemals bereuen zu lassen!«

»Es bedarf eines solchen Versprechens nicht. Wir wissen beide, daß unsere Verbindung durch äußere Gründe veranlaßt wurde. Ehrliche Kameradschaft, mehr kann ich Ihnen nicht versprechen, und mehr verlange ich nicht von Ihnen.«

Das sagte Lia stolz und schlicht zugleich, und kein Zucken ihres Gesichts verriet ihre innere Bewegung.

Hanno war bei diesen Worten seltsam zumute. Er hatte seinen Arm um sie legen und den blassen, stolzen Mund küssen wollen. Aber er, der den Frauen immer so sieghaft und überlegen gegenübertrat, verlor diesem Mädchen gegenüber seine ganze Sicherheit.

Er küßte nur nochmals fast ehrerbietig ihre Hand und sagte ernst: »Ich danke Ihnen, Lia, denn ich weiß, Sie bringen ein Opfer. Und Ihr Wunsch soll mir maßgebend sein. Auch ich will Ihnen allezeit ein ehrlicher Kamerad sein, wie auch Sie es mir sein wollen!«

Sie reichten sich noch einmal wie zur Bekräftigung des

Bundes die Hand, dann verabschiedete sich Hanno kurz und ritt zum Gut seiner Väter zurück, das Lia ihm mit ihrem Jawort retten würde.

Als die Tür sich hinter Hanno geschlossen hatte, legte Joachim von Lankwitz voll Zärtlichkeit seinen Arm um Lias Schulter und sah ihr voll ins Gesicht. »So, mein Kind, nun mach deinem Herzen Luft, weil ich dich so schnell verlobt habe«, sagte er halb ernst, halb scherzend.

Sie sah ihn mit großen ernsten Augen an und sagte langsam: »Ging es nicht anders, Onkel Joachim?«

»Nein, es ging nicht anders«, antwortete er fest.

Sie atmete tief auf. »Du hast Hanno zu seiner Werbung gezwungen?«

Ein schalkhaftes Lächeln flog um seinen Mund. »Nun, gar so schlimm war es mit dem Zwingen nicht, mein Kind. Er war merkwürdig schnell bereit.«

Sie strich sich über die Stirn. »Weil er keinen anderen Ausweg sah, er mußte es ja tun.«

»Nein, da bist du sehr im Irrtum. Einen Ausweg hatte er, einen sehr verlockenden sogar. Aber den wollte er nicht gehen.«

Sie sah ihn fassungslos an. »Ich verstehe dich nicht, Onkel.«

»Nun – er hätte im Handumdrehen mehrfacher Millionär werden können. Seine Mutter hat da unten in einem vornehmen Schweizer Kurort eine glänzende Partie für ihn in Aussicht. Es war alles fix und fertig, bis auf seine Einwilligung. Aber die hat er nicht gegeben.«

Lias Herz schlug in ungestümen Schlägen. »Und warum tat er es nicht?«

Der alte Herr streichelte ihre Hand. »Weil ihm die

betreffende junge Dame sehr unsympathisch ist, mein Kind. Er sagte mir kurz und bündig: ›Lieber Steine klopfen!‹ Und siehst du, das hat mir doch an ihm gefallen, und ich dachte mir, gar so unwert wäre er deiner nicht.«

Lias Augen senkten sich. »Und siehst du«, fuhr der alte Herr eifrig fort, »manche Ehe ist auf viel schwächeren Grundlagen aufgebaut und ist doch glücklich geworden. Ich glaube nämlich ganz fest und sicher daran, daß du ihm bald viel mehr abnötigen wirst als nur Hochachtung und Sympathie. Gerade solch ein Flattergeist, der sein Herz noch niemals ganz verschenkt hat, ist leicht zu fesseln, wenn er nur an die Rechte kommt. Und warum solltest du diese Rechte nicht für ihn sein? Ich bin ganz zuversichtlich. Glaube mir, wenn ich nicht ein wenig in deinem Herzgen gelesen hätte, wäre ich nicht so schnell auf diesen Ausweg verfallen.«

Lias Gesicht überzog sich jäh mit dunkler Röte. »Onkel Joachim!« rief sie erschrocken.

Er nahm ihre beiden Hände. »Nun ja, mein Kind, das sage ich dir nur, damit du mich nicht für einen despotischen Tyrannen hältst, und es bleibt ein Geheimnis zwischen uns zweien. Und nun sprechen wir darüber kein Wort mehr. Du hast eine starke ruhige Hand, sieh, daß du dir damit dein Glück zimmern kannst. Nur eins laß dir noch raten: mach es Hanno nicht zu leicht. Die leichten Siege zählen nicht bei einem solchen Mann. Halte dein eigenes Herz fest in Zaum und Zügel! So, und nun will ich noch mal auf die Felder reiten.«

Lia sah ihren Onkel mit feuchtschimmernden Augen an, und dann küßte sie plötzlich seine Hand.

Ohne noch ein Wort zu sagen, ging sie schnell hinaus.

Er sah hinter ihr her und nickte lächelnd: »Prachtmädel! Wer dich nicht ins Herz schließt – nun muß der liebe Gott weiterhelfen.«

Hanno ritt mit seltsam gemischten Gefühlen nach Hause zurück. So frei er sich fühlte, der drückenden Sorge ledig zu sein, so verhehlte er sich doch nicht, daß er sowohl mit seiner Mutter als auch mit Gräfin Susanna keinen leichten Stand haben würde. Er mußte der schönen Frau die Mitteilung seiner Verlobung so schonend wie möglich beibringen, und das würde nicht so leicht sein.

Zu Hause angelangt, setzte sich Hanno sofort an seinen Schreibtisch und schrieb zunächst sein Abschiedsgesuch. Das geschah nicht ohne einige Seufzer. Es wurde ihm doch unendlich schwer, einen Strich unter seine fröhliche sorglose Leutnantszeit zu machen, und der Gedanke, in Zukunft auf all das, was bis heute seines Lebens Element gewesen war, verzichten zu müssen, hatte nichts Verlockendes für ihn.

Nun die drückende Angst um die Beschaffung der Hypothek von ihm genommen war, dünkte es ihn doch ein schweres Opfer, seinen Abschied zu nehmen und seine Freiheit aufzugeben.

Aber er hatte sein Wort gegeben und konnte nicht mehr zurück. Auch sah er die Notwendigkeit ein. So biß er die Zähne zusammen und atmete auf, als er seinen Namen unter die knappen Zeilen gesetzt hatte.

Noch viel schwerer aber wurde ihm der Brief an seine Mutter. Lange starrte er nachdenklich vor sich hin und überlegte, wie er der Mutter seine Verlobung und Onkel Joachims Bedingungen mitteilen sollte.

Es war gut, daß sie nicht zu Hause und er nicht gezwungen war, ihr das alles persönlich zu sagen. Daß seine Mutter über diese Verlobung außer sich sein würde, stand bei ihm fest. Und gegen eine Einschränkung ihrer persönlichen Ausgaben würde sie sich vielleicht noch mehr zur Wehr setzen. So ohne weiteres würde sie sich sicher nicht ins Unabänderliche fügen. Hin und her überlegte er, bis er endlich entschlossen zur Feder griff.

Es wurde ein ziemlich umfangreicher Brief. Aufatmend beendete er ihn endlich. Das war ein schweres Stück Arbeit gewesen und vielleicht der längste Brief, den er je in seinem Leben geschrieben hatte! Als er ihn noch einmal durchlas, war er zufrieden. So diplomatisch wie möglich hatte er ihn abgefaßt. Vor allen Dingen durfte seine Mutter nicht wissen, daß Onkel Joachim diese Verlobung zur Bedingung für seine Hilfe gemacht hatte. Wie er seine Mutter kannte, hätte sie sonst sicher später den Umstand benutzt, um Lia zu demütigen, und das durfte nicht sein. Hanno fühlte, daß es seine Pflicht war, Lia gegen alle Anfeindungen seiner Mutter zu schützen, soweit es in seiner Macht lag.

V

Wie es Hanno vorausgesehen, gab es einen Sturm, als er der Gräfin Susanna seine Verlobung mitteilte. Er war nach Bornheim geritten, um unter vier Augen das entscheidene Wort zu sprechen. In ihrer unbeherrschten Leidenschaft hatte sie sich an seine Brust geworfen und ihn unter Tränen beschworen, sein Wort zurückzunehmen; denn den Gedanken, daß er einer anderen gehören sollte, könne sie nicht ertragen.

In Hanno lehnte sich in diesen peinvollen Minuten

alles auf gegen die Frau, die sich so vergessen konnte, und doch wagte er es nicht, sie schroff von sich zu weisen, aus Furcht vor der Unberechenbarkeit ihres Temperaments. So suchte er sie mit tröstenden Worten zu beruhigen, sprach ihr davon, daß er ja keine Liebes-, sondern eine reine Vernunftehe eingehe, nicht um selbst glücklich zu werden, sondern nur, um das Erbe seiner Väter nicht zu verlieren. Seine Worte klangen ihm selbst hohl und leer, aber Gräfin Susanna klammerte sich daran, wie der Ertrinkende an einen Strohhalm, und als er zuletzt davon sprach, daß er selbst mit dieser Verlobung das größte Opfer gebracht habe, da leuchtete es in ihren dunklen Augen halb froh, halb schmerzlich auf, und sie sagte leise: »Wir wollen auf die Zukunft hoffen! Den Glauben an unser einstiges Glück kann uns niemand nehmen.«

In zwiespältigen Gefühlen war Hanno heimgeritten. Schwach und unmännlich war er sich vorgekommen, und widerwillig gestand er sich ein, daß er im Grunde die schöne Frau fürchtete. Ein nagendes Schuldgefühl Lia gegenüber quälte ihn, und dazu kam die Unruhe um das, was seine Mutter antworten würde.

Am nächsten Morgen schon erhielt Hanno von Lankwitz eine Depesche von seiner Mutter: »Brief erhalten. Ich protestiere! Keine Karten versenden. Ich kehre sofort heim. Bitte Abend 8 Uhr Wagen zur Bahn.«

Hannos Stirn legte sich in Falten, als er die wenigen Worte überflog. Das war eine offene Kampfansage gegen die unerwünschte Schwiegertochter.

Er zuckte die Schultern, faltete das Telegramm zusammen und steckte es zu sich. Dann ließ er sein Pferd satteln und ritt nach Niederlankwitz hinüber. Am

Kreuzweg im Wald begegnete er Lia auf ihrem Goldfuchs, die ihren Frühritt über die Wiesen und Felder gemacht hatte.

Sie schrak aus ihrem Sinnen, als sie den Hufschlag seiner Pferdes vernahm. Ein verräterisches Rot stieg in ihr Gesicht, als sie Hanno erkannte, aber noch ehe er an ihrer Seite war, hatte sie sich wieder in der Gewalt und sah ihm ruhig entgegen.

»Guten Morgen, Lia! Ich bin auf dem Weg nach Niederlankwitz und freue mich, dich zu treffen. Du bist gewiß auch auf dem Heimweg«, sagte er, ihre Hand an seine Lippen führend.

»Ja, ich reite nach Hause, denn ich habe meinen morgendlichen Inspektionsritt hinter mir.«

»Du warst schon auf den Feldern?«

»Ja, ich bin schon einige Stunden unterwegs.«

»So zeitig schon?« sagte er erstaunt, und sein Blick glitt bewundernd über ihre frische Erscheinung.

»Ich bin daran gewöhnt. Onkel Joachim soll sich noch immer schonen, wie der Arzt verlangt. Vor allen Dingen soll er viel Schlaf haben, wovon er leider nichts hören will. Aber wenigstens habe ich doch durchgesetzt, daß ich den morgendlichen Inspektionsritt selber mache.«

»Aber ihr habt doch solch tüchtigen Inspektor«, wandte Hanno ein.

Wieder lächelte Lia, und Hanno fand dies Lächeln sehr reizend. »Das Auge des Herrn macht die Kühe fett – kennst du das alte gute Sprichwort nicht, Hanno?«

Er sah ein wenig verlegen aus, aber sein Blick glitt doch dabei bewundernd über ihre schlanke elegante Gestalt, die sich so vorzüglich im Sattel hielt. Dann wechselte er nicht ohne einige Befangenheit rasch das Thema.

»Es ist mir lieb, daß wir uns begegnet sind und ein paar Worte unter vier Augen sprechen können. Ich möchte dir noch einmal danken, so recht von Herzen danken, Lia!«

Das klang aufrichtig und warm, und sein Blick senkte sich dabei tief in den ihren. Es war sein unwiderstehlicher Eroberungsblick, der auf alle Frauen so verführerisch wirkte. Lia kannte diesen Blick, und gerade, weil sich seine warme Stimme und dieser Blick in ihr Herz schmeicheln wollten, setzte sie sich dagegen zur Wehr.

»Du hast mir nichts zu danken, Hanno. Nicht die Rücksicht auf dich hat mich zu meinem Jawort bewogen, sondern nur Onkel Joachims Wunsch.«

»Hast du dich in irgendeiner Weise einem Zwang unterworfen?« fragte er dann halblaut.

Sie sah starr vor sich hin. »Nein, keinem Zwang. Ich weiß ja, daß du ebensowenig Liebe von mir fordern wirst, wie du mir solche entgegenbringst. Wir sind beide durch rein äußerliche Erwägungen zu dieser Verbindung veranlaßt worden, die weniger ein Miteinander, als ein kameradschaftliches Nebeneinander zur Folge haben wird. Dieser unbedingt kameradschaftliche Standpunkt ist meine Forderung an dich. Und darauf hast du mir bereits dein Wort gegeben. Es liegt ja alles so einfach zwischen uns: Du hast dich Onkel Joachims Bedingungen gefügt, weil er seine Hilfe davon abhängig machte, und ich habe eine Pflicht der Dankbarkeit gegen Onkel Joachim erfüllt und ihn zugleich vor einer Ungerechtigkeit bewahrt, die ihn im Grunde selbst innerlich gedrückt hat. Ich weiß, daß es ihn schmerzte, seinen Besitz keinem Lankwitz vererben zu können. Es ist mir lieb, daß wir uns noch einmal darüber aussprechen, damit volle Klarheit zwischen uns herrscht.«

Sie machte eine kleine Pause, dann fuhr sie fort:

»Es wird unser Verhältnis zueinander erträglicher gestalten, wenn wir uns gegenseitig mit falscher Empfindsamkeit und geheuchelten Gefühlen verschonen. Das würde unseren Verkehr nur erschweren, und wir würden uns vor uns selber schämen müssen, wenn wir uns eine Komödie vorspielten. Ehrliche kameradschaftliche Freundschaft will ich dir entgegenbringen und erbitte sie auch von dir. Dann werden wir immer gut miteinander auskommen. Ich hoffe, daß dies auch deinen Wünschen entspricht.«

Das alles hatte Lia in ruhig sachlicher Weise gesprochen, und auch der schärfste Beobachter hätte ihr nicht anmerken können, daß sie innerlich nicht so ruhig war, wie sie scheinen wollte.

Hanno hatte ihr mit sehr geteilten Gefühlen zugehört. Es war wohl das erstemal, daß eine Frau in so kühler Weise mit ihm sprach. Und gerade diese Frau sollte er heiraten! Einen Augenblick schien ihm das fast unmöglich. Aber im innersten Herzen war er doch fest davon überzeugt, daß er Lias starren Sinn besiegen würde, wenn er nur ernstlich wollte. Und er wollte es! Der starke Wunsch, ihre Gleichgültigkeit zu brechen, leuchtete ihm aus den Augen. Es lockte ihn, dieses stolze Mädchen seine Macht über Frauenherzen fühlen zu lassen.

Und doch lag etwas in ihrer Haltung, im Ausdruck ihres Gesichtes, das ihn jetzt zwang, sich vorläufig ihren Wünschen zu fügen.

»Du wirst mich immer bereit finden, Lia, deine Wünsche zu respektieren, und ich verspreche dir, daß ich alles tun werde, dir das Leben an meiner Seite leicht und angenehm zu machen.«

Sie atmete tief auf. Der starre Blick verlor sich, und sie

sah ihn mit ruhiger Freundlichkeit an. »Für dieses Versprechen danke ich dir, Hanno. Ich werde dich vielleicht einmal daran mahnen, wenn mir etwas zu schwer werden sollte.«

Es zuckte um seine Lippen wie ein verhaltenes Lächeln. »Tue es, Lia, und mein Wort darauf, du wirst mich nicht umsonst mahnen!«

Sie sah wieder vor sich hin. »So ist nun alles klar zwischen uns; alles Persönliche schaltet aus. Wir vereinen uns in dem Bestreben, Oberlankwitz wieder zu voller Blüte zu bringen. Nur um eines bitte ich dich noch: Wir wollen beide Onkel Joachim nicht merken lassen, wenn uns einmal die Fesseln drücken sollten, die wir freiwillig auf uns genommen haben. Er soll immer glauben, daß wir innerlich zufrieden sind. Willst du mir das versprechen?«

Er mußte im stillen über die Art lächeln, wie sie eine so ernste Frage so einfach zu lösen suchte. Aber ihre vorsichtige Verschanzung hinter die ruhige Kameradschaftlichkeit erschien ihm schon als das erste Zeichen, daß sie sich ihm gegenüber nicht so recht sicher fühlte. Wie wenig sicher sie im tiefsten Herzen war, ahnte er freilich nicht. Wenn sie nur erst meine Frau ist, dachte er, wird sie bald einsehen, daß sich die ganze Angelegenheit sehr einfach lösen wird. Was weiß denn solch ein unerfahrenes Mädchen von der Ehe? Ich kann ihr unbedenklich versprechen, was sie fordert. Das übrige wird sich alles finden.

Unter leichtem Geplauder ritten sie durch die breite Parkallee dem Herrenhaus zu, an dessen Freitreppe sie abstiegen und ihre Pferde dem Diener übergaben.

Als sie die Diele betraten, begegnete ihnen Frau Wesemann. »Gerade will ich dem Herrn Baron das Frühstück bringen, gnädiges Fräulein«, sagte sie, die beiden begrüßend.

»Dann lassen Sie, bitte, gleich noch zwei Gedecke auflegen und melden Sie Onkel Joachim, daß Herr von Lankwitz hier ist und ihn zu sprechen wünscht«, erwiderte Lia freundlich.

Mit einem kurzen Nicken verschwand Frau Wesemann, und Hanno wandte sich fragend an Lia: »Kommst du nicht mit hinein zu Onkel Joachim?«

»Ich will mich nur rasch umkleiden, in zehn Minuten bin ich wieder unten«, antwortete sie und eilte die Treppe zum ersten Stock hoch.

Während ihr Hanno nachschaute, öffnete Frau Wesemann die Tür zum Speisezimmer und bat ihn, einzutreten.

Als er über die Schwelle schritt, sah er Onkel Joachim am Frühstückstisch sitzen. Ein Diener legte eben zwei Gedecke auf.

»Du kannst mir gleich Gesellschaft leisten, Hanno!« rief der alte Herr gutgelaunt, und reichte dem Neffen die Hand.

»Gern, wenn du erlaubst; aber erst möchte ich dir die Antwort meiner Mutter zeigen, die heute morgen eingetroffen ist.«

Joachim von Lankwitz lehnte sich in seinen Sessel zurück, und seine Augen schauten erwartungsvoll zu Hanno hinüber. »Schon Nachricht da? Das ist ja höllisch fix gegangen!«

»Es ist nur ein Telegramm. Bitte, lies!«

Der alte Herr entfaltete die Depesche, die ihm Hanno reichte, und las. Dann lachte er ingrimmig auf. »Sie protestiert! Natürlich, das war vorauszusehen. Du wirst heute abend einen schweren Stand haben, mein Junge!

Nun, ich bin neugierig, wer Sieger bleibt in diesem Kampf.«

Hanno sah seinen Onkel entschlossen an. »Ein Kampf wird es allerdings werden, Onkel Joachim, und leicht wird es mir sicher nicht, Mama energisch entgegenzutreten. Sie ist mir immer in allen Dingen Autorität gewesen. Schon zu Papas Lebzeiten. Sie ist nicht gewöhnt, daß man ihren Willen nicht respektiert, und glaubt sicher an den Erfolg ihres Einspruchs. Aber diesmal muß sie sich fügen, ich kann ihr nicht helfen.«

Forschend blickte der alte Herr in Hannos entschlossenes Gesicht. »Nun, wir werden sehen. Auf alle Fälle sind ja die Verlobungskarten noch nicht verschickt, wie sie so bestimmt fordert.«

Hanno richtete sich straff empor. »Es bleibt dabei, Onkel Joachim, daß morgen die Verlobungsanzeigen ausgeschickt werden. Es war nur eine Anstandsfrist, die wir einhielten, bis Mama sich äußern konnte.«

»Nun, mein Junge, es freut mich, daß du dich zu der nötigen Energie aufgerafft hast, und ich sage dir nochmals, vielleicht tust du damit deiner Mutter selbst den größten Dienst. Wäre sie von Anfang an bei deinem Vater auf einen festen Willen gestoßen, wäre vielleicht alles anders gekommen als jetzt. Charaktere wie deine Mutter brauchen eine feste Hand.«

Hanno steckte die Depesche wieder zu sich. »Und doch liebe ich meine Mutter«, sagte er ernst.

»Das sollst du auch, mein Junge, es ist ja zu ihrem eigenen Wohl, was geschieht, daran halte fest.«

»Das will ich tun. Und nicht wahr, Lia erfährt nichts von dieser Depesche? Ich möchte nicht, daß sie von vornherein gegen meine Mutter erbittert wird.«

»Wie du willst, Hanno. Ich werde von der Depesche

kein Wort sagen. Im übrigen mach dir aber nicht zu große Sorgen um Lias künftiges Verhältnis zu deiner Mutter. Sie ist klug und hat einen festen Willen. In aller Ruhe wird sie mit dem widersetzlichsten Menschen fertig und wird sich auch zu deiner Mutter zu stellen wissen.«

Ehe Hanno antworten konnte, trat Lia ein. Sie hatte ihr Reitkleid mit einem schlichten weißen Batistkleid vertauscht und sah so frisch und anmutig aus, daß Hannos Augen aufleuchteten.

Der alte Herr sah dies Aufleuchten, und um seinen mächtigen Schnurrbart spielte ein befriedigtes Lächeln. Er hatte den festen Glauben daran, daß zwischen den beiden noch alles gut werden würde.

Am Abend holte Hanno seine Mutter selbst vom Bahnhof ab. Sie vermieden auf der Heimfahrt zunächst beide, das Verlobungsthema und was damit zusammenhing zu berühren, aber Frau Alice hielt den Kopf trotzig emporgerichtet.

Auch während der Abendmahlzeit sprachen Mutter und Sohn nur von gleichgültigen Dingen. Erst als sie dann in Frau Alices luxuriös eingerichteten Salon getreten waren, brach das Gewitter los. Es war, wie Onkel Joachim vorausgesehen hatte: Die verwöhnte Frau, die stets ihren Willen hatte durchsetzen können, bot alles auf, um Hanno in seinem Entschluß zu erschüttern und ihn noch in letzter Stunde zu einer Verlobung mit der Baronesse Lucknow zu bewegen.

Aber es war alles umsonst. Hanno blieb fest, so peinlich ihm auch der ganze Auftritt war.

Noch heftiger als gegen seine Verlobung wehrte sich seine Mutter gegen die »unglaubliche« Zumutung, jährlich mit der für sie bestimmten Summe auskommen zu sollen. Das sei einfach unmöglich, und im übrigen falle es ihr gar nicht ein, Joachim von Lankwitz die Berechtigung zuzugestehen, derartige Bestimmungen über sie zu treffen.

Sie malte Hanno in den schwärzesten Farben aus, in welche Fesseln er sich durch diese Verlobung legen lassen würde und in welche sklavische Abhängigkeit von Onkel Joachim er geraten werde. Im Gegensatz dazu schilderte sie ihm, welch angenehmes Leben er an der Seite der sanften und anschmiegenden Baronesse Lucknow führen könnte, die ihm ihre Millionen ohne jeden Vorbehalt zur Verfügung stellen und sich glücklich schätzen würde, wenn sie ihm mit ihrem Reichtum das Leben verschönern dürfte.

»Du gehst ja blindlings in dein Unglück hinein, Hanno! Onkel Joachim will nichts anderes als dich unter seinen Willen beugen und mich dazu. Es lockt ihn, selbst Herr auf Ober- und Niederlankwitz zu werden, trotz all seiner schönen Worte. Aber ich leide es nicht, daß du dich ihm mit gebundenen Händen auslieferst und mich auch! Es würde ihm die größte Befriedigung sein, dir und mir vorzuschreiben, was wir ausgeben dürfen. Und Lia Reinach, diese intrigante Person, die noch nicht genug an Niederlankwitz hat, sondern auch noch Oberlankwitz dazu haben will, wird uns in seinem Sinn kontrollieren. Oh, ich durchschaue sein Spiel! Willst du dich denn für dein ganzes Leben unglücklich machen, Hanno? Und wenn du die Baronesse Lucknow durchaus nicht heiraten willst, findet sich auch noch eine andere gute Partie für dich, dessen bin ich sicher. Sei ein Mann und zerbrich diese unleidlichen Fesseln!«

Sie war außer sich vor Erregung.

Aber Hanno blieb fest, er wollte sich nicht von Lia lösen. Es band ihn etwas an sie, über das er sich selbst nicht recht klar wurde, und so setzte er der Mutter einen ruhigen beharrlichen Widerstand entgegen und erklärte bestimmt, es sei nichts mehr an seinem Entschluß zu ändern, Lia sei seine Braut, und alles andere habe er mit Onkel Joachim schon eingehend besprochen.

Als Frau von Lankwitz sah, daß ihre Heftigkeit bei Hanno nicht verfing, änderte sie den Ton und legte sich aufs Bitten. Aber auch ihre Tränen und Klagen halfen ihr nichts. Diesmal behielt ihr Sohn die Oberhand.

Tief gekränkt und mit einer unendlich hoheitsvollen Duldermiene zog sie sich endlich zurück und erklärte Hanno, diese Demütigung würde sie nicht überleben.

Am nächsten Tage blieb sie für ihren Sohn unsichtbar. Ihre Zofe erklärte ihm, die gnädige Frau sei sehr leidend und habe die ganze Nacht geweint.

Hanno war nun doch in Sorge um seine Mutter und blieb zu Hause, um zur Hand zu sein, wenn sie etwa nach ihm rufen sollte. Aber als er um die Frühstückszeit das Speisezimmer betrat, sah er die Zofe mit einer reich besetzten Platte im Zimmer seiner Mutter verschwinden, und eine knappe Stunde später beobachtete er das Mädchen zufällig wieder, wie sie die geleerte Platte herausbrachte. Ein Lächeln huschte um seine Lippen; das eben Erlebte ließ zum mindesten auf einen guten Appetit seiner Mutter schließen, so daß ihr Zustand wohl nicht besorgniserregend sein konnte.

Nach Tisch versuchte Hanno nochmals, bei seiner Mutter vorgelassen zu werden, erhielt aber von der Zofe den Bescheid, die gnädige Frau fühle sich zu elend, ihn zu empfangen.

»Liegt meine Mutter zu Bett?« fragte er.

»Nein, Herr Baron, sie liegt auf der Chaiselongue; die gnädige Frau hat seit gestern abend noch keinen Bissen gegessen.« Da wußte Hanno, daß die Zofe instruiert war.

»Sagen Sie meiner Mutter, ich lasse ihr baldige Besserung wünschen. Ich reite jetzt nach Niederlankwitz, um meine Braut zu besuchen. Wenn ich wiederkomme, hoffe ich, meine Mutter wieder wohler zu finden«, sagte er ruhig.

Es war ein Gefühl in ihm, als sei er als Sieger aus diesem Kampf hervorgegangen.

VI

In der nächsten Zeit zeigte es sich, daß Frau Alice diesmal wirklich dem stärkeren Willen ihres Sohnes nachgeben mußte.

Aber sie fügte sich nur mit einem heimlichen Groll und ließ bei jeder Gelegenheit ihre Umgebung deutlich merken, daß sie mit der Verlobung ihres Sohnes nicht einverstanden war.

Die Anzeigen waren verschickt worden, und begreiflicherweise rief diese Verlobung in den nächstbeteiligten Kreisen allgemeines Erstaunen hervor. Niemand hätte erwartet, daß Joachim von Lankwitz in diese Verbindung willigen würde, die Hanno nun doch noch zu seinem Erben machte. Von Hanno selbst fand man es wohl klug, daß er sich auf diese Weise aus seinen Geldnöten befreite, aber um so unverständlicher fand man Lias Entschluß; war man doch allgemein der Ansicht, sie habe Hanno völlig fremd und kühl gegenübergestanden.

Für Lia, so meinte man, lag gar kein Grund vor, Hannos Bewerbung anzunehmen, denn sie hätte andere Freier genug haben können.

Am meisten wurde Georg von Bornheim bedauert, der Lia im stillen so ehrlich geliebt hatte und sich in seinen Zukunftshoffnungen nun getäuscht sah. Ihm vor allen anderen war der Schritt, den Lia getan hatte, unverständlich.

Gräfin Susanna zeigte in diesen Tagen eine etwas forcierte Fröhlichkeit. Sie wollte sich im Bornheimschen Kreis keine Blöße geben. Sie merkte so gut wie die anderen – natürlich nicht ohne große innere Befriedigung –, daß das Brautpaar sehr kühl und formell miteinander verkehrte.

Da Hanno ihr gegenüber bis jetzt von seinem Abschiedsgesuch geschwiegen hatte, glaubte die Gräfin, daß er nach Ablauf seines Urlaubs nach Berlin zurückkehren würde, und hoffte auf ein recht häufiges Zusammensein mit ihm, denn ihres Gatten Mißtrauen war durch Hannos Verlobung vorläufig zum Schweigen gebracht, und so glaubte die Gräfin, daß einem regen Verkehr mit Hanno in Berlin nichts im Weg stehen würde.

Hanno selbst suchte der Gräfin so viel wie möglich auszuweichen. An Entschuldigungen zu seinem Fernbleiben fehlte es ihm ja jetzt nicht.

Schwer litt Hanno unter der eisigen Art, mit der seine Mutter Lia begegnete. Dieser wäre es zwar nicht schwer gefallen, ihrer Schwiegermutter entgegenzukommen, aber Onkel Joachim hatte sie gewarnt, und so begegnete sie denn der schönen Frau mit einer ruhigen Gelassenheit, die diese wie einen Stachel empfand. Onkel Joachim war der einzige, demgegenüber Frau von Lankwitz ihrem Groll offen Ausdruck gab. Er beantwortete indessen ihre Herausforderungen mit entschieden humoristisch gefärbter Überlegenheit.

»Machen Sie ruhig Ihrem Groll mir gegenüber Luft, verehrte Frau Kusine, das erleichtert Ihr Herz, und mir schadet es nichts«, erwiderte er seelenruhig auf einen der üblichen Angriffe.

Damit war sie nur zu bald entwaffnet und beschränkte sich auf eine wahrhaft eisige Förmlichkeit.

Für Hanno war das alles sehr peinlich.

Onkel Joachim, zu dem er sich einmal darüber aussprach, tröstete ihn aber: »Laß dir deshalb keine grauen Haare wachsen, mein Junge! Bleib nur jetzt unter allen Umständen fest, sonst ist alles umsonst. Deine Mutter wird sich schneller in alles fügen, als du denkst. Vorläufig mußt du ja noch einige Zeit nach Berlin, um dort deine Angelegenheiten zu ordnen, und wenn du zurückkommst und deinen Aufenthalt dauernd in Oberlankwitz nimmst, wird sie ihr Schmollen und Trotzen schon aufgeben. Mit der Zeit wird es ihr langweilig werden. Ist dann Lia erst in Oberlankwitz, so ist mir nicht bange. In ihrer taktvollen ruhigen Art wird sie ihren Platz dort behaupten und deiner Mutter noch einmal Respekt abnötigen, darauf verlaß dich, mein Junge, und nun Kopf hoch!«

Hanno hatte von Tag zu Tag mehr gelernt, in Onkel Joachim den guten zuverlässigen Berater zu sehen. Alles Mißtrauen dem alten Herrn gegenüber war aus seiner Seele gewichen, denn er fühlte es: der Onkel meinte es ehrlich und gut mit ihm.

Solange sein Urlaub noch währte, war er täglich einige Stunden in Niederlankwitz. Ein Gefühl von Frieden und

Behaglichkeit, wie er es noch nie gekannt, kam dort über ihn. Seine Mutter war immer nur die große Dame gewesen und hatte den Haushalt bezahlten Kräften überlassen. Hier in Niederlankwitz hatte alles ein anderes Gesicht. Da hatte Lia alle Fäden sorglich in ihrer Hand, und von der tüchtigen Frau Wesemann bis zu dem jüngsten Küchenmädchen herab tat alles freudig seine Pflicht. Hanno zog oft Vergleiche, und ein beglückendes Gefühl kam über ihn, wenn er daran dachte, daß Lia in Oberlankwitz ähnliche Zustände einführen würde.

Wenn sie nur nicht so zurückhaltend und kühl gewesen wäre! Manchmal schlug sie wohl einen kameradschaftlich-freundschaftlichen Ton ihm gegenüber an, aber wenn er, dadurch ermutigt, seinerseits wärmer wurde, verfiel sie sofort wieder in ihre kühl abweisende Haltung.

Dann kam der Tag seiner Abreise nach Berlin. Gräfin Susanna hatte Gelegenheit gefunden, ihm mitzuteilen, daß sie in wenigen Tagen ebenfalls mit ihrem Mann nach Berlin zurückkehren würde, und daß sie ihn am kommenden Montag um fünf Uhr erwarte.

Er hatte zugesagt, um endlich ein Ende zu machen.

Wie er gefürchtet hatte, kannte ihr Temperament keine Grenzen, als er ihr nun endlich sagen mußte, daß er den Abschied genommen habe und dauernd auf Oberlankwitz leben werde. Alle ihre Luftschlösser stürzten damit zusammen wie ein Kartenhaus, und Tränen des Zorns verdunkelten ihre Augen.

Hanno war schon auf das Äußerste gefaßt, als im Nebenzimmer in diesem Augenblick Stimmen laut wurden und die Gräfin gerade noch Zeit fand, ihm zuzuflüstern: »Auf deiner Hochzeit sehen wir uns wieder.«

Dann wurde die Tür geöffnet, und der Graf trat mit einem Freund des Hauses, Baron von Brinkenau, ein, mit dem auch Hanno befreundet war. Im stillen dankte er seinem Schicksal, daß der Graf durch sein Kommen eine peinliche Szene verhindert hatte, und erleichterten Herzens verließ er mit dem Baron nach einer halben Stunde das Haus.

»Wir werden uns jetzt so bald nicht wiedersehen, Lothar«, sagte Hanno, während sie der Wohnung des Barons zuschritten, die in der Nähe lag.

Baron Brinkenau nickte. »Das wäre auch nicht geschehen, wenn du den Abschied nicht genommen hättest, Hanno. Du hörtest ja, daß ich bei Korffs meinen Abschiedsbesuch machte.«

»Ja, du sagtest, daß du für ein ganzes Jahr Urlaub genommen hast, um auf Reisen zu gehen. Wo willst du hin?«

»Weiß ich noch nicht. Ich reise mit meiner Schwester, der Gräfin Axtheim. Du weißt, sie ist durch einen schweren Autounfall Witwe geworden und war auch selbst leicht verletzt. Und wenn sie auch wieder völlig hergestellt ist, so leidet sie doch unter einer sehr schweren seelischen Depression, die in Melancholie auszuarten droht, wenn sie in Axtheim bleibt, wo das Unglück geschah. Die Ärzte drängen auf eine längere Entfernung, meine Schwester soll reisen und sich zerstreuen. Und da wir sehr aneinander hängen und außer entfernten Verwandten niemand haben, dem ich meine Schwester anvertrauen möchte, so habe ich mich entschlossen, sie zu begleiten. Sonst hätte ich es mir nicht nehmen lassen, deiner Hochzeit beizuwohnen. Also viel Glück!« schloß der Baron und reichte Hanno die Hand.

Sie waren vor seiner Wohnung angelangt. »Ich danke

dir, Lothar, und wenn du erst wieder von deiner Reise zurück bist, dann besuche mich einmal in Oberlankwitz.«

»Das verspreche ich gern, auf Wiedersehen also!«

»Auf Wiedersehen!«

Sie schüttelten sich noch einmal die Hände und trennten sich dann.

Langsam, in tiefe Gedanken verloren, schlenderte Hanno weiter. Die Luft war schon herbstlich, die gelben Blätter wirbelten über den Asphalt. Unwillkürlich kamen ihm die Worte des Trompeterliedes in den Sinn:

»Zum Abschiednehmen just das rechte Wetter.«

Ja, die lustige Leutnantszeit war vorbei, der Ernst des Lebens begann für ihn, der Kampf um die Zukunft. Was stand für ihn in ihrem Buch geschrieben?

Je näher der Hochzeitstag rückte, desto banger wurde es Lia, und die umfassenden Vorbereitungen, die zu der Feier, zu der man zahlreiche Gäste erwartete, getroffen wurden, hatten für sie fast etwas Beängstigendes.

In Bornheim wohnte bereits seit einigen Tagen Gräfin Susanna Korff mit ihrem Gatten, die angeblich so früh gekommen war, um mit Molly und Dolly von Bornheim allerlei Aufführungen und Überraschungen zu Lias Hochzeit vorzubereiten.

Hanno ahnte natürlich den wahren Grund ihres Eintreffens, und so vermied er jede Begegnung mit der schönen Frau nach Möglichkeit.

Da sollte er sie eines Tages ganz unerwartet in Niederlankwitz treffen. Mit seiner Mutter war er hinübergefahren, da Frau Alice mit Onkel Joachim wegen der Hochzeitsfeier noch verschiedenes zu besprechen hatte.

Lia wollte die Gäste gerade an den Tisch bitten, als

eine Equipage vorfuhr. Es war der Bornheimer Wagen mit den beiden Baronessen und Gräfin Susanna, die eine Probe ihrer für die Hochzeit geplanten Aufführung abhalten wollten.

In liebenswürdiger Weise wurden die Damen vom Hausherrn und Lia begrüßt. Auch Hanno zwang sich zu einer fröhlichen Begrüßung, wenn ihm auch der Besuch der Gräfin höchst unerwünscht kam. Seine Mutter verstärkte sein Unbehagen noch durch ein ironisches Lächeln, mit dem sie von ihm zur Gräfin hinüberblickte.

Während Molly und Dolly den alten Herrn entführten, der ihnen den Saal, wo die Aufführung stattfinden sollte, aufschließen mußte, begegnete Frau Alice der Gräfin mit auffallender Liebenswürdigkeit und machte ihr Vorwürfe darüber, daß sie sich noch gar nicht in Oberlankwitz habe sehen lassen, seit sie in Bornheim sei.

»Hanno und ich hätten uns so sehr gefreut, Gräfin, er gehört doch zu Ihren eifrigsten und treuesten Verehrern«, sagte sie scheinbar scherzend, aber doch mit einem Unterton, der Lia kränken mußte.

Diese verriet jedoch durch keine Miene, wie sie diese Worte trafen, nur ein feines Rot stieg in ihre Wangen.

Hanno warf seiner Mutter einen bittenden Blick zu, aber Frau Alice schien es ein besonderes Vergnügen zu machen, seine Verlegenheit zu erhöhen, um Lia damit zu quälen.

Gräfin Susanna ging mit schelmischem Lächeln auf den Scherz ein. »O, gnädige Frau, was soll Lia davon denken! Natürlich war Ihr Herr Sohn in unserem Hause stets ein gerngesehener Gast, und ich bedauere sein Scheiden von Berlin um so mehr, als auch unser Vetter Brinkenau in diesem Winter nicht in Berlin sein wird. Die beiden Herren waren der belebende Mittelpunkt unseres kleinen Kreises! Aber für Ihren Herrn Sohn darf es fortan nur noch eine Frau geben, der er huldigt, nicht wahr, Lia?«

Aber ehe Lia noch antworten konnte, fuhr Hannos Mutter in leichtem Tone fort: »Nun, vorläufig ist Hanno ja noch nicht verheiratet, und wie ich ihn kenne, wird er es sich nicht nehmen lassen, auch als getreuer Ehemann für andere schöne Frauen zu schwärmen. Das liegt ihm nun einmal im Blut.«

Hanno warf einen unruhigen Blick auf Lia, deren Gesicht aber mit keiner Miene verriet, ob sie sich durch die Worte seiner Mutter gekränkt fühlte. Entschlossen gab er dem peinlichen Gespräch eine andere Wendung und fragte: »Wie geht es Ihrem Herrn Gemahl, Gräfin? Ich hatte in diesen Tagen wenig Zeit, sonst hätte ich mir schon erlaubt, Sie in Bornheim zu begrüßen.«

Die Gräfin lächelte. »Oh, Sie wissen ja, Herr von Lankwitz, mein Mann ist meist übler Laune, wenn er nicht jeden Abend seinen Klub aufsuchen kann. In Berlin bin ich es gewohnt, meine Abende allein zu verbringen. Früher hielten Sie und Baron Brinkenau meinen Mann wenigstens zuweilen im Haus fest, aber jetzt bin ich viel allein.«

Das sagte sie bedeutungsvoll und sah Hanno mit einem vielsagenden Blick an, um ihn dann in ein Gespräch über gemeinsame Berliner Erlebnisse zu verwikkeln.

Frau Alice erhob sich und legte ihren Arm in den Lias, um sie mit sich fortzuziehen. »Komm, Lia, hier sind wir überflüssig. Wenn Gräfin Korff mit Hanno Berliner Erinnerungen austauscht, brauchen sie unsere Gesellschaft sicher nicht.«

Lia war froh, sich entfernen zu können, denn wenn ihr

auch Hanno durch sein Verhalten keinen Grund zu irgendwelchem Mißtrauen gegeben hatte, so fühlte sie sich heute doch in einer besonders unruhigen und gequälten Stimmung.

So sah sich Hanno plötzlich sehr gegen seinen Wunsch mit der Gräfin allein. Susanna warf einen raschen Blick nach der Tür, die sich eben hinter Lia geschlossen hatte, dann fragte sie schmollend: »Oh, Hanno, warum kommst du nicht einmal nach Bornheim? Jeden Tag habe ich im Pavillon auf dich gewartet. Hanno, hast du denn ganz die Vergangenheit vergessen und mich mit ihr?«

Unsicher sah er um sich. »Ich wäre ja gekommen, aber ich konnte nicht fort. Ich bin jetzt jede Minute in Anspruch genommen.«

Sie faßte mit leidenschaftlichem Druck seine Hand. »Ich ertrage das nicht, Hanno, ich ertrage es nicht! Einmal wenigstens muß ich dich noch allein sehen und sprechen. Begreifst du denn nicht, wie es in mir aussieht? Ich ertrüge es nicht, wenn du ohne Abschied von mir gingst; tust du es dennoch, so stehe ich für nichts ein. Ich habe dir noch so viel zu sagen.«

Sie stieß das in einer solch nervösen Hast hervor, daß Hanno ernstlich für ihre Fassung fürchtete. Die Angst vor einem Eklat wuchs wieder riesengroß in ihm empor, daß er kaum wußte, was er sagte.

»Natürlich sehen wir uns noch einmal, Susanna, aber beruhigen Sie sich und verraten Sie sich nicht, jeden Augenblick kann Lia mit meiner Mutter zurückkommen.«

Sie suchte sich zu fassen. »Ach, Hanno, wenn du wüßtest, wie ich leide«, seufzte sie. »Versprich mir, daß du morgen nach Bornheim kommst.«

Er hatte durchaus keine Neigung, das zu tun. »Wenn ich irgend abkommen kann«, gab er ausweichend zur Antwort.

»Du mußt es tun, Hanno. Bedenke, es ist das letztemal auf lange Zeit.«

Er nickte nur hastig und trat ans Fenster denn im selben Augenblick erschien Dolly von Bornheim auf der Schwelle.

»Wo bleibst du denn, Susanna? Molly wartet schon und bespricht sich mit Frau Wesemann wegen eines passenden Garderoberaums. Herr von Lankwitz, ich muß Ihnen leider Susanna entführen, da es sich um eine Überraschung zu Ihrem Hochzeitsfest handelt.«

Damit zog Dolly die Gräfin mit sich fort, während Hanno wie erlöst aufatmete.

Dolly Bornheim und Gräfin Susanna trafen Molly in Unterhandlung mit Frau Wesemann, die den Damen neben dem kleinen Saal, in dem die Aufführung geplant war, einen Garderoberaum anweisen sollte.

Sie überlegte hin und her, dann sagte sie endlich: »Nun, da hilft nichts, als daß ich Ihnen das Ankleidezimmer unserer seligen gnädigen Frau aufschließe. Es stößt nämlich direkt an den kleinen Saal, wo das kalte Büfett aufgestellt werden soll.«

»Das paßt ja famos, also geben Sie Ihrem Herzen einen Stoß, Frau Wesemann, und öffnen Sie uns dies Allerheiligste, wir verraten es auch keinem Menschen, weder Lia noch Onkel Joachim, damit er nicht schilt.«

Frau Wesemann führte die jungen Damen durch den kleinen Saal auf einen breiten Gang hinaus. Gleich die erste Tür führte zu dem Ankleideraum. Frau Wesemann schloß ihn auf und ließ die Damen hineinsehen. Er war sehr gut für ihre Zwecke geeignet, und so verabredeten sie alles Weitere, um sogleich mit der Probe zu beginnen.

Frau Alice hatte Lia zum Wintergarten hinübergezogen, wo der Tee gereicht werden sollte, und da Onkel Joachim in den großen Saal gegangen war, wo die Probe stattfinden sollte, blieb sie eine Weile mit Lia allein.

»Du wirst dich an den Gedanken gewöhnen müssen, Lia, daß Hanno nur zu gern auch anderen Frauen huldigen wird«, sagte Frau Alice mit leisem Spott, indem sie sich in einen der Korbsessel niederließ, die um den Tisch standen.

Obwohl Lias Herz sich bei den Worten ihrer Schwiegermutter zusammenkrampfte, bewahrte sie äußerlich ihre Ruhe und Gelassenheit. »Ich werde Hanno sicher in keiner Weise hindern, anderen Frauen den Hof zu machen, soviel es ihm beliebt«, sagte sie kühl ohne jede Gereiztheit.

Frau Alice sah erstaunt zu ihr empor. »Nun, das muß ich sagen, du hast eine seltsame Auffassung von der Ehe«, erwiderte sie etwas unsicher.

Nicht um die Welt hätte Lia sich etwas von ihrem wahren Empfinden anmerken lassen. Sie fühlte, daß Frau Alice sie quälen wollte, und das gab ihrem Stolz Kraft. Sie zuckte leicht die Achseln und sagte in demselben ruhigen Ton: »Hanno und ich haben diese Verbindung, wie du ja selbst weißt, nur einer äußeren Notwendigkeit gehorchend, geschlossen. Unsere Herzen sind dabei in keiner Weise beteiligt. Wir werden unseren gemeinsamen Weg als gute Kameraden gehen. Darüber sind Hanno und ich ganz einig.«

Frau Alice war so betroffen, daß sie im Augenblick keine Antwort fand. Sie hatte oft genug beobachten können, wie groß die Macht ihres Sohnes über Frauenherzen war. Und dieses Mädchen, das er zu seiner Gattin machen wollte, trat ihm nun mit so unerhört gleichgültigen Gefühlen entgegen? Fast fühlte sich Frau Alice durch Lias vermeintliche Kälte in ihrer Muttereitelkeit verletzt.

Lia schien von alldem nichts zu merken. »Darf ich dir noch eine Tasse Tee geben, Mama?« fragte sie, als hätten sie sich eben über das Wetter unterhalten.

»Bitte sehr«, sagte Frau Alice noch ganz fassungslos.

»Darf ich auch um eine Tasse Tee bitten?« rief Hanno, im selben Augenblick ins Zimmer tretend, und zugleich erschien auch Onkel Joachim und nahm mit Hanno am Teetisch Platz, wo sie plaudernd saßen, bis nach beendeter Probe die Gräfin mit den Schwestern wieder erschien.

Frau Alice und Hanno waren die ersten, die aufbrachen.

Sobald Mutter und Sohn im Wagen saßen, sagte Hanno unmutig: »Liebe Mama, ich muß dir doch sagen, daß es mir unbegreiflich war, wie du in Lias Gegenwart solche Anspielungen auf meinen ehemaligen Flirt mit Gräfin Korff machen konntest.«

Seine Mutter lachte spöttisch auf. »Dein ›ehemaliger‹ Flirt? Nun, mein Sohn, mir scheint, als sprächen die Augen der temperamentvollen Gräfin deutlich genug. Sie hat dich angesehen, als betrachtete sie dich wie ihr unantastbares Eigentum.«

Er fuhr sich über die Stirn. Die Augen seiner Mutter hatten nur zu recht gesehen, und in seinem Ärger wurde er schroffer, als er beabsichtigt hatte. »Jedenfalls war es – verzeihe mir dies harte Wort, Mama – taktlos von dir, daran zu rühren.«

Ein wenig fühlte sie, daß er recht hatte, aber sie wollte

es nicht zugeben und zuckte die Schultern. »Reg dich doch nicht unnötig auf, Hanno, ich wollte Lia ja nur ein wenig aus ihrer kühlen Reserve locken, die mir nun einmal nicht gefällt. Sie hat mir erstaunlich nüchtern über eure künftige Ehe gesprochen. Mit großem Gleichmut erklärte sie mir, sie lege keinen Wert darauf, daß du ihr huldigst, und werde dich durchaus nicht hindern, anderen Frauen den Hof zu machen. Du kannst also in dieser Beziehung unbesorgt sein.«

Hanno legte die Stirn in Falten. »Hat sie wirklich solche Worte gebraucht?«

»Daß ich dir keine Unwahrheit sage, wirst du doch wohl glauben! Sie sprach von einem kameradschaftlichen Verhältnis zwischen euch, an dem eure Herzen nicht beteiligt wären. Ich weiß wirklich nicht, ob ich ihre Auffassung bewundern oder mich darüber entsetzen soll.«

Hanno biß sich auf die Lippen. Ihm war, als höre er Lia selbst all diese kühlen abwehrenden Worte sagen. Er wehrte sich dagegen, sie ernst zu nehmen, und doch quälte es ihn, daß sie ihm im Herzen so fremd gegenüberstand, und daß es seinen Bemühungen nicht gelingen wollte, ihr ein wärmeres Gefühl abzuringen. In seine Selbstsicherheit schlich sich zum erstenmal ein Gefühl des Zagens. Aber um so heißer regte sich der Wunsch in ihm, sie zu erringen und sich ihr Herz zu eigen zu machen.

VII

Die Hochzeitsfeier verlief so glänzend, daß selbst die kritischen Augen von Frau Alice von Lankwitz nichts auszusetzen fanden.

Die schöne Mutter des Bräutigams hatte mit großer Sorgfalt Toilette gemacht und sah so jugendlich aus, daß man sie hätte für Hannos ältere Schwester halten können. Selbst Onkel Joachim fühlte sich gedrungen, ihr ein Kompliment über ihr Aussehen zu machen.

Sie quittierte mit einem lässigen Achselzucken. »Komplimente aus Ihrem Mund können doch nur ironisch gemeint sein«, sagte sie spöttisch.

Er lachte gutmütig. »Es war ganz ehrlich gemeint, Frau Kusine. Um leere Schmeicheleien zu lernen, bin ich zu alt geworden. Wahrhaftig, Sie sehen aus, als könnten Sie selbst noch alle Tage Hochzeit machen, Sie haben sich glänzend konserviert? Und in der Kunst, Toilette zu machen, übertrifft Sie hier an der Tafel nicht eine einzige, nicht einmal die schöne Gräfin Korff.«

Obwohl Frau Alice für solche Komplimente durchaus nicht unempfänglich war, gab sie sich doch den Anschein der Gleichgültigkeit. »Ich lege wirklich keinen Wert auf Ihre Anerkennung, Vetter«, sagte sie brüsk.

Aber Onkel Joachim ließ sich nicht aus seiner überlegenen Ruhe bringen. »Nun, Frau Kusine«, fuhr er gemütlich fort, »für heute lassen Sie uns wenigstens einmal das Kriegsbeil begraben. Stoßen Sie mit mir auf das Wohl des jungen Paares an!«

Frau Alice warf den Kopf noch immer trotzig zurück. »Sie wissen doch, wie sehr diese Ehe gegen meinen Wunsch und Willen geschlossen wurde.«

»So stoßen Sie wenigstens mit mir auf das Wohl Ihres Sohnes an. Das werden Sie als seine Mutter mir doch nicht abschlagen?«

Sie zuckte nervös mit den Brauen, aber dann berührte sie doch mit ihrem Glas das seine.

Lächelnd leerte der alte Herr sein Glas, um sich dann an Lia zu wenden, die mit auffallend bleichem Gesicht neben Hanno saß. Er neigte sich zu ihr hin: »Lia, ich habe es gut gemeint, und Gott mag es zum guten Ende führen!«

Sie faßte seine Hand und drückte sie leise. »Lieber Onkel Joachim!«

»Kann ich ruhig um dich sein, Lia?«

Sie sah ihn liebevoll und tapfer an. »Ganz ruhig, Onkel Joachim! Und noch einmal Dank, innigen Dank für alles, was du mir Gutes getan hast! Vielleicht finde ich keine Gelegenheit mehr, dir das vor unserer Abreise zu sagen.«

»Es bedarf keines Wortes, mein Kind. Du bist mir nichts schuldig als dein Glück, hörst du? Geh achtsam damit um!«

Mit feuchten Augen sah sie zu ihm empor. »Ich will darum kämpfen und ringen, unermüdlich«, sagte sie in verhaltener Erregung.

»Dann ist mir nicht bange, Gott mit dir!«

In diesem Augenblick ging eine Bewegung durch den Saal, denn Molly und Dolly von Bornheim traten mit Gräfin Susanna in einer reizenden Gruppe durch die weitgeöffneten Flügeltüren. Sie stellten »Liebe«, »Glück« und »Treue« dar. Gräfin Susanna war als »Liebe« in ein rosenrotes Gewand gehüllt und mit roten Rosen geschmückt. In den hochgehobenen Armen trug sie einen zierlichen Korb mit Rosen gefüllt. Zwischen ihnen erhob sich eine kostbare Meißner Porzellangruppe, ein zärtliches Schäferpärchen darstellend, das sie als Hochzeitsgabe dem jungen Paar überreichte, während sie in schwungvollen Versen die Liebe besang.

Dolly von Bornheim trug als »Glück« ein mit Blumen gefülltes Füllhorn herbei und schüttete unter einem sehr launigen Vortrag die Blumen zu den Füßen des Brautpaares aus. Sie war in Weiß gekleidet, und den Saum ihres Gewandes zierten vierblätteriger Klee und Hufeisen als Bordüre in Grün und Gold. Dann kam Molly zu Wort; sie als »Treue« war in Blau gekleidet und trug einen Kranz von Vergißmeinnicht im blonden Haar. Sie trat vor das Brautpaar hin und band mit einem blauen Seidenband Hannos und Lias Hände zusammen.

Zuletzt faßten sich »Liebe«, »Glück« und »Treue« bei den Händen und weissagten dem Brautpaar, daß sie alle drei niemals in der eben geschlossenen Ehe fehlen würden.

Lia empfand im Innersten dies alles wie bitteren Hohn; ihr war zumute, als müßte sie aufspringen und rufen: Seht ihr denn nicht, daß das alles Lüge ist? Hannos Stirn rötete sich in peinvollster Verlegenheit, als Gräfin Susanne ihre Verse sprach. Sie sah ihn dabei unverwandt an, und ihre Worte hatten eine ganz eigene Bedeutung für ihn. Er wußte, daß sie nicht der Liebe galten, die ihn und Lia verbinden sollte, sondern der eigenen Leidenschaft der schönen Frau. Und in ihren Augen glomm zuweilen etwas auf, das ihn beunruhigte.

Er war nicht mehr in Bornheim gewesen, um von Susanna Abschied zu nehmen. Noch vor dem Kirchgang hatte die Gräfin ihm heute in einem unbewachten Moment den leidenschaftlichen Vorwurf zugeflüstert:

»Warum kamst du nicht?«

»Ich konnte nicht.«

Da hatten ihn ihre Augen wie in wilder Verzweiflung angeglüht. »Wenn du nicht Abschied nimmst von mir, dann geschieht etwas, ich kann dich so nicht gehen lassen, ich muß dich noch einmal sprechen!«

Er war tief erschrocken gewesen. »Ich bitte Sie, Susanna, begehen Sie keine Torheit!«

»Mir ist jetzt alles gleich«, hatte sie unbeherrscht hervorgestoßen und dann seinen Arm gefaßt. »Neben dem kleinen Saal die erste Tür rechts ist unser Garderoberaum. Sobald Molly und Dolly sich umgekleidet haben und zur Gesellschaft zurückkehren werden nach unserem Vortrag, bei dem ich euch rote Rosen bringe, werde ich dort auf dich warten.«

Er hatte eingesehen, daß er ihr den Willen tun mußte, wenn er nicht eine unberechenbare Katastrophe heraufbeschwören wollte. Und so hatte er nur kurz und leise geantwortet: »Ich komme«, dann war er von ihr zurückgetreten.

An diese kurze Szene mußte Hanno denken, als Gräfin Susanne in schwungvollen Versen die Macht der Liebe verherrlichte. Ihm war zumute, als wolle sie ihn in unzerreißbare Fesseln legen. Er durfte ihr ja nicht sagen, wie gleichgültig sie ihm geworden war; bei ihrem ungezügelten Temperament mußte er das Schlimmste befürchten und ein offener Skandal auf alle Fälle vermieden werden. Sein Entschluß war gefaßt.

Gleich nach dem Vortrag der drei sollte die Tafel aufgehoben werden. Lia mußte sich bald zurückziehen, um sich für die Reise umzukleiden. Niemand würde dann sonderlich auf ihn achten, und sobald Molly und Dolly von Bornheim wieder erschienen, konnte auch er sich zurückziehen, um sich ebenfalls umzukleiden.

Eine kurze Zeit würde dann noch für Gräfin Susanna bleiben. Es wäre ja das letztemal, daß er mit ihr zusammentraf, denn vor dem nächsten Sommer sah er sie kaum wieder, und bis dahin würde sie wohl Vernunft angenommen haben. So tröstete sich Hanno im stillen.

»Glück«, »Liebe« und »Treue« hatten, zu einer reizenden Gruppe vereinigt, den Saal verlassen, und bald darauf wurde die Tafel aufgehoben. Die Hochzeitsgäste begaben sich in die anstoßenden Räume, wo der Mokka serviert wurde.

Währenddessen konnte sich Lia unbemerkt entfernen, nachdem sie sich von Onkel Joachim mit einem verstohlenen Händedruck verabschiedet hatte. Es war noch sehr zeitig, aber sie verlangte nach einem kurzen Alleinsein, um ein wenig zu ruhen; die Feier hatte ihre Nerven bis zum Zerreißen angespannt.

Hanno sah sie gehen, und es war ihm sehr lieb, daß sie sich so zeitig zurückzog.

Sobald er eine Weile später die Schwestern Bornheim durch den Nebensaal ohne Susanne wieder eintreten sah, verließ er den Saal durch die Haupttür und schritt dann schnell, sich vorsichtig umsehend, nach der bezeichneten Garderobentür. Der breite Teppichläufer auf dem Gang dämpfte seine Schritte, und niemand begegnete ihm. Und jetzt setzte drüben im großen Saal leise und schmeichelnd die Musik wieder ein.

Hanno atmete tief auf, sah sich noch einmal um und klopfte dann leise an die Tür, durch die ihn Gräfin Susanna einlassen sollte.

Lia hatte rasch ihr Brautkleid abgelegt und sich reisefertig gemacht. Ein Blick auf die Uhr sagte ihr, daß sie eine halbe Stunde Zeit hatte, bis sie zum Bahnhof fahren mußte, und das war ihr sehr lieb, denn sie sehnte sich nach Ruhe und Einsamkeit.

In ihrem Zimmer war die Jungfer noch mit Packen und Aufräumen beschäftigt. Das störte Lia. Deshalb schlüpfte sie eine schmale Seitentreppe hinab in die Zimmer der verstorbenen Herrin des Hauses, die ihr allezeit eine gütige Mutter gewesen war. Sie ahnte nicht, daß das am Ende der Flucht liegende Zimmer den drei Damen als Garderoberaum zur Verfügung gestellt worden war.

Langsam, wie abschiednehmend, schritt sie durch die Räume, die ihr so lieb und vertraut waren. Es lag noch etwas von dem Hauch der Verstorbenen über allem.

Das Herz war Lia voll und schwer. Sie sehnte sich danach, sich ungesehen hier ausweinen zu dürfen, aber auch diese Wohltat blieb ihr versagt. Die Zukunft lag so grau und trübe vor ihr. Wie glücklich und froh war sie doch in diesem Haus gewesen! Schmeichelnd strich sie über die alten Möbel hin. Leise wie ein Hauch klangen zuweilen verlorene Töne der Musik zu ihr herüber, sonst war es still in diesen Räumen, und auch ihr Fuß glitt lautlos über die Teppiche.

Bis in das kleine Boudoir Tante Marias war sie so gelangt. Hier hatte sie oft mit der mütterlichen Freundin gesessen und geplaudert. Müde ließ sie sich in den Lehnsessel gleiten, in dem Tante Maria so gern gesessen hatte, und schloß die Augen, um sich zu sammeln und ruhig zu werden.

An dies Boudoir stieß das Ankleidezimmer, nur durch eine dünne Tapetenwand und eine ebensolche Tür geschieden.

Wenige Minuten hatte Lia still mit geschlossenen Augen in dem Sessel gelehnt, als sie plötzlich drüben ein leises Klopfen und gleich darauf das Öffnen und Schließen einer Tür vernahm. Sie wunderte sich darüber und horchte auf, denn sie hatte das Zimmer leer geglaubt. Sie konnte sich nicht erklären, wer sich da drüben befand, aber lange sollte sie nicht darüber im Zweifel sein. Eine leidenschaftlich bebende Frauenstimme schlug an ihr Ohr.

»Endlich, ach endlich, Hanno!«

Lia zuckte zusammen und richtete ihre Augen groß und erschrocken auf die Tapetentür. Sie hatte Gräfin Susannas Stimme erkannt; dann unterschied sie deutlich Hannos Stimme. Er schien in leisem Flüsterton beruhigend auf die Gräfin einzusprechen. Was er sagte, konnte sie nicht verstehen, und das erregte sie noch mehr. Vor ihrer überreizten Phantasie hielt dort drüben der Gatte, der ihr vor kurzen Stunden am Altar die Treue fürs Leben gelobt, die weinende Frau in seinen Armen, um sie zu trösten. Wieder hörte sie das heiße Aufschluchzen und dann in leidenschaflichem Flehen die Worte: »Schwöre es mir, Hanno, schwöre es mir!«

Lia saß wie gelähmt. Totenbleich war ihr Gesicht, sie biß die Lippen fest aufeinander in wilder Qual. Gegen ihren Willen lauschte sie angespannt, aber sie vernahm nur noch Hannos leises: »Leb wohl, Susanna, ich muß gehen!«

»Muß es sein?«

»Es muß sein, Susanna, leb wohl!«

Dann öffnete und schloß sich leise eine Tür.

Lia saß wie leblos und preßte die Hände an die schmerzenden Schläfen. Die leise scheue Hoffnung auf ein späteres Glück an Hannos Seite war ihr jäh zerstört worden. Sie ahnte ja nicht, daß Hanno nur durch äußere Umstände gezwungen in diesen Abschied gewilligt hatte. Für sie war das, was sie gehört, und mehr noch das, was ihre erregte Phantasie ihr dabei vorgespiegelt hatte, ein Beweis dafür, daß Hanno die Gräfin liebte. Und es war nicht nur eine seiner flüchtigen Neigungen, sondern eine Liebe, die sich über alle Menschensatzungen hinwegsetzte.

In qualvoller Not starrte Lia ins Leere, und ein Grauen faßte sie bei dem Gedanken, daß sie nun vor der Welt Hannos Frau war und in einer kurzen halben Stunde an seiner Seite die Heimat verlassen sollte.

Nein, nein, das konnte sie nicht, jetzt nicht mehr! All ihr Mädchenstolz bäumte sich dagegen auf. Aber was sollte sie beginnen? Zu Onkel Joachim fliehen und ihm sagen: Behalte mich bei dir, ich kann Hanno nicht folgen? Dann würde der Onkel fragen, und sie mußte anklagen, Hanno und auch die schluchzende Frau da drüben. Das durfte nicht sein. Hatte sie denn überhaupt ein Recht, Hanno anzuklagen? Hatte sie ihm nicht immer wieder deutlich zu verstehen gegeben, daß sie in ihm nur einen Kameraden sehen wollte? Hatte sie ihm nicht gesagt, daß sie sich beide im Herzen nicht gebunden fühlen sollten? Wie einen nüchternen Vertrag hatte sie die Verlobung mit ihm abgeschlossen, und Hanno mußte an ihre Auffassung glauben. Und doch, warum hatte er sie dann in diesen vergangen Wochen wieder und wieder mit werbenden Worten umschmeichelt? Glaubte er, daß er ihr solch zärtliche Komödie vorspielen mußte?

Sie richtete sich in eisiger Abwehr auf. Was sie jetzt erlebt hatte, löste sie innerlich vollends von ihm.

Drüben verstummte das leidenschaftliche Schluchzen. Dann ging wieder die Tür, und Lia nahm an, daß die Gräfin das Zimmer verlassen hatte.

Langsam, mit schweren Gliedern erhob sie sich. Auf

ihrem Gesicht lag eine unheimliche Starrheit.

Wie eine Nachtwandlerin tastete sie sich durch die Zimmer zurück, die Treppe hinauf in ihre eigenen Räume. Mechanisch ließ sie sich von ihrer Jungfer den eleganten Reisemantel umlegen, setzte ihren Hut auf und streifte gleichgültig die Handschuhe über.

Nun war sie fertig, und gleich darauf klopfte Hanno an ihre Tür.

»Bist du fertig, Lia?«

Es ging wie ein Ruck durch ihre Gestalt. Plötzlich war alle Müdigkeit und Gleichgültigkeit verflogen.

Sie vermied es, ihn anzusehen, und in ihr Gesicht trat wieder der alte abweisende Ausdruck.

Er sah sie warm und bittend an und reichte ihr den Arm, um sie hinauszuführen zum Wagen.

Dieser Blick trieb ihr die Röte ins Gesicht, die Röte der Scham und Entrüstung, daß er nach der Szene mit der Gräfin sie noch so ansehen konnte.

Ohne zu ahnen, daß sein Abschied von Gräfin Susanna einen Zeugen gehabt hatte, schritt Hanno neben Lia die Treppe hinab, froh, diesen Abschied hinter sich zu haben.

Die Hochzeitsreise sollte das junge Paar nach Ägypten führen, so hatte es Onkel Joachim gewünscht.

»Das Kind hat Jahr um Jahr in Niederlankwitz gesessen, nun soll es auch einmal ein Stück Welt sehen!« hatte der alte Herr gemeint, und das junge Paar hatte dagegen natürlich nichts einzuwenden gehabt.

Es wurde eine schweigsame Fahrt, so ganz anders, als sich Hanno diese »Fahrt ins Glück« ausgemalt hatte. Lia schützte Müdigkeit vor, was Hanno nach dem Trubel der letzten Tage ganz begreiflich fand, denn den wahren

Grund ihrer Verschlossenheit konnte er ja nicht ahnen.

Er selbst stand zunächst noch stark unter der quälenden Nachwirkung seines Abschieds von Gräfin Susanna, zu dem er sich gegen seinen Willen hatte bequemen müssen. Es war ihm gegen seine offene ehrliche Natur gegangen, und der Gedanke, sich aus Furcht vor einem Skandal unter den Willen dieser Frau gebeugt zu haben, hatte etwas Demütigendes für ihn. So war er schließlich froh, daß Lia ihn nicht zu einer Unterhaltung zwang und zu ruhen wünschte. Ab und zu warf er einen schnellen Blick auf Lias bleiches Gesicht. Es erschien ihm so süß und reizend, und es lockte ihn, sie aus ihrem vermeintlichen Schlummer zu wecken. Seine Sehnsucht, nun ihres Besitzes sicher zu sein, war erfüllt, und sie sollte ihm nun nicht mehr fremd und kalt gegenüberstehen!

Es war schon spät, als sie in Kassel, ihrem ersten Reiseziel, anlangten. Die Zimmer im Hotel waren bereit, als sie eintrafen und der Kellner nach ihren Wünschen fragte.

Hanno bestellte ein kleines Souper, wie es der vorgerückten Stunde entsprach. In einer halben Stunde sollte es im Speisezimmer serviert werden. Der Kellner zog sich zurück, und Lia trat in ihr Zimmer, um sich nach der Reise etwas aufzufrischen. Hanno folgte ihrem Beispiel, und als er nach einer Weile wieder in den gemeinsamen Salon trat, fand er Lia bereits vor, bereit, mit ihm in den Speisesaal hinabzugehen. Sie stand am Fenster und sah auf das laternenhelle Straßenbild.

Er trat rasch auf sie zu und sah sie mit einem seiner heißen zärtlichen Blicke an, die ihm die Frauenherzen so oft erobert hatten.

»Fühlst du dich etwas frischer, Lia? Du warst auf der Reise so müde«, fragte er herzlich.

Sie sah unverwandt auf die Straße hinaus. »Ich hatte Kopfweh«, erwiderte sie tonlos.

Er nahm ihre schlaff herabhängende Hand und küßte sie.

»Armes Kind! Ist das Kopfweh jetzt vorüber?«

»Ja, laß uns nun zu Tisch gehen, ich bin hungrig«, erwiderte sie fast schroff und zog ihre Hand aus der seinen.

Er fühlte das Beben ihrer Hand und hörte, daß ihrer Stimme die Festigkeit fehlte. Das machte ihn noch sorgloser und sicherer. Nichts ließ ihn aufmerken. Nichts warnte ihn.

Er begab sich mit ihr in den Speisesaal. Das Souper war auserlesen, aber Lia aß, trotz ihrer Versicherung, daß sie Hunger habe, fast nichts. Hanno bemerkte es wohl, aber er sagte nichts, sondern beobachtete nur eine ritterliche Höflichkeit. Gleich nach dem Dessert erhob sich Lia.

»Ich möchte mich zurückziehen und zur Ruhe begeben. Du brauchst dich nicht stören zu lassen«, sagte sie kühl.

Er erhob sich sofort. »Ich begleite dich natürlich«, erwiderte er und reichte ihr den Arm.

So schritten sie stumm wieder hinauf und betraten den kleinen Salon. Dort wollte Lia ihren Arm aus dem Hannos ziehen. Aber er hielt sie fest und sah ihr dabei zärtlich lächelnd ins Gesicht.

»Lia, liebe süße Lia!«

Er wollte sie an sich ziehen und küssen.

Da ging es wie ein Schlag durch ihren Körper. Nach dem vor kurzen Stunden von ihr belauschten Abschied zwischen Hanno und der Gräfin schien ihr sein Verhalten wie eine tödliche Beleidigung. Sie bog sich mit leichenblassem Gesicht hastig zurück und riß sich mit einem Ruck von ihm los.

»Laß mich! Vergiß unser Übereinkommen nicht!« sagte sie mit bebender Stimme.

Er stand mit verständnislosem Blick vor ihr. So sicher war er seines Sieges gewesen! »Aber ich bitte dich, Lia – du bist doch meine Frau.«

»Nur vor der Welt, und ich hoffe, du respektierst unser Übereinkommen!« stieß sie mit flammenden Augen hervor.

Er sah sie fassungslos an. »Welches Übereinkommen, Lia?«

»Daß wir als Kameraden unseren Weg gehen wollen. Ich habe dein Wort darauf, an das ich mich halte!«

Er strich sich über die Stirn. Seine Augen konnten nicht von ihrem stolzen flammenden Antlitz lassen. »So hast du es gemeint, Lia?« fragte er dann, als könne er das alles nicht begreifen.

Lia konnte ihre Ruhe kaum noch bewahren. Auch sie hatte bis vor kurzem noch eine andere Auffassung von ihrer Ehe gehabt. Aber die erlauschte Szene zwischen Hanno und der Gräfin hatte ihr die Augen geöffnet. Wenn sie nicht schon das bindende Wort gesprochen hätte, nie würde sie, nach dem, was sie erlebt, hier an seiner Seite gestanden haben. Und daß er es trotzdem wagte, sich ihr mit Liebkosungen zu nahen, erschien ihr wie eine Schmach, die er ihr antun wollte. Alles in ihr setzte sich zur Wehr gegen seine erlogenen Zärtlichkeiten. Denn für erlogen hielt sie Lia. Von diesem Zwang wollte sie sich und ihn ein für allemal befreien.

Noch einmal raffte sie sich auf und sagte stolz erhobenen Hauptes: »Wenn dir eine solche Verbindung unmöglich erscheint, so steht es ja in deinem Belieben, sie zu lösen. Ich gebe dir völlig freie Hand, wenn du dich von mir scheiden lassen willst. Jedenfalls bin ich nicht gesonnen, dir etwas anderes zu sein als ein guter Kamerad. Mehr habe ich nicht versprochen. Und nun gute Nacht, ich bin müde.«

Damit verließ sie schnell den Salon und trat in ihr Zimmer. Sie schloß die Tür hinter sich ab und atmete tief auf. Nun war wenigstens Klarheit zwischen ihnen? Und keinen Augenblick war sie darüber im Zweifel, daß Hanno im Grunde seines Herzens mit dieser Lösung sehr zufrieden sein würde.

Sie ahnte ja nicht, wie sehr sie sich täuschte, wie unrecht sie ihm tat.

Zum erstenmal in seinem Leben war er verworfen worden, verworfen von einer Frau, die ihm ganz unversehens teuer geworden und ihm ans Herz gewachsen war. Wie fest das geschehen war, das fühlte er erst jetzt.

VIII

Am nächsten Morgen erschien Lia erst, unmittelbar bevor sie zum Bahnhof fahren mußten. Sie war vollständig reisefertig. In ihrem Wesen prägte sich eine leise Unsicherheit aus, obwohl sie sich Mühe gab, ruhig zu erscheinen. Sie war sich nicht sicher darüber, ob sie gestern abend im Bestreben, Klarheit zu schaffen, nicht doch zu schroff gewesen war.

Hanno wartete bereits in dem kleinen Salon auf sie, wo er den Frühstückstisch hatte decken lassen. Als Lia eintrat, stand er mitten im Zimmer, als erwarte er sie.

Seine Augen hefteten sich forschend auf ihr Gesicht, und unter seinen Blicken stieg ein leichtes Rot in ihre Wangen.

Einen Augenblick schien sie unschlüssig, dann trat sie scheinbar ganz unbefangen auf ihn zu und sagte:

»Du mußt mir verzeihen, Hanno, wenn ich gestern abend im Bestreben, unser gegenseitiges Verhältnis zu klären, etwas schroff geworden bin. Du mußt das der peinlichen Situation zuschreiben. Über manche Dinge kommt man nicht ohne Schroffheiten fort. Aber es wird dir ebenso lieb sein wie mir, daß nun Klarheit zwischen uns herrscht. Ich will dir heute noch einmal in aller Ruhe sagen, daß ich dir in allen Dingen, die deine Person betreffen, volle Freiheit gebe, wie ich sie auch für mich beanspruche. Natürlich werde ich nie etwas tun, das dich kompromittieren könnte. Du wirst dich in allem auf mich verlassen können. Ich hoffe, daß ich damit deinen eigenen Wünschen entgegenkomme.«

Ihm klang das alles ein wenig eingelernt. Während sie sprach, hatten seine Augen forschend auf ihr geruht, und als sie, seine Antwort erwartend, schwieg, fragte er:

»Und wenn ich dir nun sage, Lia, daß du meinen Wünschen damit in keiner Weise entgegenkommst?«

Sie glaubte, er wolle nur eine ritterliche Einwendung machen. Es zuckte um ihren Mund, und sie warf den Kopf stolz zurück.

»Du kanntest ja meine Bedingungen, ehe wir unser Bündnis schlossen. Ich erinnere dich nochmals an dein Versprechen, daß du alles tun willst, was in deiner Macht steht, um mir das Leben an deiner Seite so leicht wie möglich zu machen. Ich appelliere an deine Ritterlichkeit.«

Unverwandt sah er in ihr leicht gerötetes Gesicht, als

mühe er sich, ein Rätsel zu lösen, das ihn verwirrte.

»Wenn du mich an dies Versprechen mahnst, daß ich allerdings in einem anderen Sinn gab, und an meine Ritterlichkeit appellierst, dann kann ich vorläufig nichts weiter tun, als mich zu fügen.«

Lia atmete auf. »Ich danke dir und hoffe, daß sich nun unser kameradschaftliches Verhältnis nie mehr trüben wird«, sagte sie erleichtert.

Mit einem seltsamen Blick sah er sie an. »Willst du mir erst noch eine Frage beantworten, Lia, ganz offen und ehrlich?« fragte er ernst.

»Wenn ich kann, gewiß.«

»So sage mir eins: Liebst du einen anderen Mann? Hast du dein Herz an einen anderen verschenkt?«

Ein leichtes Rot huschte über ihr Gesicht. »Dann wäre ich nicht deine Frau geworden«, antwortete sie.

»Es könnte ja sein, daß es eine hoffnungslose Liebe war und daß du mir deshalb deine Hand gereicht hättest.«

Sie schüttelte den Kopf. »Nein, ich tat es, wie du weißt, um eine Pflicht der Dankbarkeit zu erfüllen und eine Ungerechtigkeit gutzumachen.«

»Und wenn dir nun eines Tages ein Mann begegnen sollte, den du lieben müßtest, was dann?«

Sie atmete schnell und sah an ihm vorüber. »Dann – dann würde ich es dir ehrlich sagen, Hanno, und dich um meine Freiheit bitten.«

Er richtete sich auf, als würfe er eine Last von sich. »Darauf gib mir dein Wort, Lia«, bat er.

Sie sah ihn ernst an. »Wenn sich mein Herz eines Tages einem anderen Mann zuwenden würde, dann sollst du es wissen, darauf gebe ich dir mein Wort!«

Er faßte mit festem Druck ihre Hand. »Ich danke dir

für dies Versprechen. Und im übrigen will ich deinen Willen respektieren. Wir werden als Kameraden Seite an Seite unseren Weg gehen. Wenn nicht deine Liebe, so will ich mir wenigstens deine Achtung zu verdienen suchen. Du sollst dich nie über mich zu beklagen haben. Wenn ich, im Bestreben, ein herzlicheres Verhältnis zwischen uns anzubahnen, zu weit gegangen bin, dann verzeih mir.«

Er sagte es mit verhaltener Stimme und gab mit einem abermaligen Dank ihre Hand frei.

Vierzehn Tage nach Beginn seiner Reise landete das junge Paar nach einer wundervollen Seefahrt in Ägypten. Nach kurzem Aufenthalt in Alexandrien fuhren Hanno und Lia nach Kairo, wo sie mehrere Tage in einem der großen Hotels Aufenthalt nahmen. Das eigentliche Ziel ihrer Reise war jedoch der bekannte Kurort der Wüste, die reizvolle kleine ägyptische Stadt Heluan. Im ersten Hotel, dem berühmten »Al Hajat«, auf deutsch »Das Leben«, hatten sie auf mehrere Wochen Zimmer bestellt.

Lia staunte mit großen Augen in das fremde Wunderland, das sich vor ihr auftat. Hanno war das alles nicht neu, denn er hatte früher Ägypten schon mit seiner Mutter bereist. Aber er freute sich, Lia nun als Führer dienen zu können.

Wie eine märchenhafte Riesenburg ragte Al Hajat aus der gelben Sandwüste empor. Auf dem Rücken eines Berges des Mokattamgebirges gelegen, bot es einen wundervoll malerischen Anblick mit seinen Terrassen und Gärten, mit seinen Türmen und Kuppeln. Wie ein Märchen aus Tausendundeiner Nacht stieg es vor den staunenden Augen empor.

Unten in der Ebene lag Heluan selbst, das heilkräftige Sonnen- und Schwefelbad, mit seinen reizenden, zwischen Palmen versteckten Villen: ein liebliches Wüstenidyll von zauberhafter Wirkung.

Als der Wagen vor dem Hotel hielt, wurde das junge Paar von einem der Geschäftsführer empfangen, der wie ein König über den vielfarbigen Dienertroß gebot, und zu den von Hanno bestellten Zimmern geleitet. In dem hallenartigen Vorflur, auf den die Zimmer mündeten, verabschiedete sich Lia von Hanno.

»Wenn du fertig mit Umkleiden bist und dich erfrischt hast, erwarte ich dich hier, Lia. Wir können uns dann, wenn es dir recht ist, ein wenig in der nächsten Umgebung umsehen«, sagte Hanno, ihr die Hand küssend.

»Gern, Hanno! In einer halben Stunde bin ich fertig, also bis dahin.«

»Auf Wiedersehen, Lia.«

Die Einrichtung der hohen luftigen Zimmer war fast die gleiche wie in Kairo; das Bett von einem Moskitonetz umspannt, die Möbel hell und leicht transportabel. Rasch packte Lia das Notwendigste aus und kleidete sich um. Dann trat sie an eines der breiten hohen Fenster und warf einen Blick hinaus über das morgenländische Wunderreich. Eine lang gehegte Sehnsucht war ihr erfüllt mit dieser Reise.

Eine halbe Stunde später trat sie pünktlich aus ihrem Zimmer auf den Vorplatz hinaus und sah Hanno bereits wartend in einem Korbsessel sitzen. Er sprang auf und trat auf sie zu. In dem weißen Tropenanzug kam seine schlanke Gestalt vorzüglich zur Geltung, und als er nun Lia, die ebenfalls in Weiß gekleidet war, den Arm bot und sie nebeneinander auf die Terrasse hinausschritten, folgte dem schönen Paar manch wohlgefälliger Blick.

Die breite luftige Terrasse bot ein buntes fesselndes Bild. In elegante Korbsessel gelehnt saßen die Damen in ihren duftigen kostbaren Toiletten in lebhafter Unterhaltung mit den Herren, die sich in ihre Gesellschaft drängten oder neben ihnen an den zierlichen Tischen saßen. Menschen aus aller Herren Länder, aus jener Welt, in der man sich nicht langweilt, die in der höchsten verfeinerten Lebenskultur das Selbstverständliche sieht – mit einem Wort, die ägyptische Lebewelt in Vollendung.

Hanno schritt mit Lia langsam durch die Reihen, die voll Interesse das ungewohnte Bild in sich aufnahm.

»Hochzeitsreisende«, flüsterte es hinter ihnen her, »anscheinend Deutsche.«

Das junge Paar achtete kaum darauf, daß es mit so aufmerksamen Blicken verfolgt wurde. Es schritt vor bis an die Marmorbalustrade und blieb eine Weile schweigend stehen, um das wundervolle Landschaftsbild in sich aufzunehmen, das sich ihnen bot.

Tief unten breitete sich die Wüste aus wie eine Sinfonie in Gelb. Ganz fern sah man zwischen einem grünen Saum den Nil wie ein breites glitzerndes Band dahinfließen, und am Horizont erhoben sich von nebelhaftem Dunst umschleiert die gewaltigen Silhouetten der Pyramiden von Gizeh.

»Wie wunderschön«, sagte Lia leise.

Hanno nickte. »Als ich das alles vor einigen Jahren zum ersten Male sah, war ich ergriffen wie du. Es liegt etwas Unendliches, Erhabenes in dieser Landschaft.«

Aufatmend wandte sich Lia von dem herrlichen Bild ab, und Hanno führte sie zu einem der noch leeren Tische, um dort eine Erfrischung zu nehmen.

Dabei kamen sie an einem Tischchen vorüber, an dem eine schlanke, etwas leidend aussehende Dame von ungefähr dreißig Jahren in einem Korbsessel lehnte und mit großen traurigen Augen vor sich hinstarrte. Neben ihr saß ein schlanker sehniger Herr wohl im gleichen Alter, dessen aristokratisches Gesicht eine auffallende Ähnlichkeit mit dem der Dame zeigte. Trotz des eleganten Zivils war der deutsche Offizier unverkennbar.

Er blickte aus einer Zeitung auf, in der er gelesen hatte, als Hanno eben seine junge Frau vorüberführen wollte, und sprang überrascht auf.

»Hanno!« rief er erfreut aus.

Dieser hatte die beiden am Tisch Sitzenden gar nicht beachtet. Nun wandte er rasch den Kopf nach dem Herrn, der seinen Namen rief. Ein frohes Lachen erhellte sein Gesicht.

»Lothar! Du hier?«

Die Freunde und früheren Regimentskameraden schüttelten sich erfreut die Hände.

»Das ist ein seltsames Zusammentreffen, mein alter Junge!«

»Allerdings, und ein sehr angenehmes. Du erlaubst, Lia – Baron Lothar Brinkenau, mein Freund und ehemaliger Regimentskamerad. Lieber Lothar – meine Frau.«

Baron Brinkenau verneigte sich und küßte Lia die Hand.

»Meine gnädigste Frau, es freut mich ungemein, Ihre Bekanntschaft hier machen zu dürfen, da ich leider Ihrer Hochzeitsfeier fernbleiben mußte. Und nun gestatten Sie mir, daß ich Sie auch mit meiner Schwester bekannt mache.«

Er führte das junge Paar an den Tisch heran. »Liebe Käthe, mein alter Freund Lankwitz und seine junge Frau – meine Schwester, Gräfin Axtheim.«

Die Gräfin sah mit einem müden, aber sehr lieben

Lächeln auf und reichte Hanno und seiner Frau herzlich die Hand.

»Von Ihnen habe ich schon viel gehört, Herr von Lankwitz, mein Bruder erzählte so oft von Ihnen und vom Regiment, auch daß er Ihnen leider absagen mußte, an Ihrer Hochzeitsfeier teilzunehmen, da er mich begleiten wollte. Liebe gnädige Frau, es freut mich, Sie kennenzulernen. In der Fremde freut man sich doppelt, liebe Landsleute zu treffen.«

Lia sah voll Mitleid und Interesse in das blasse sympathische Gesicht der Gräfin. Durch Hanno wußte sie um das Schicksal der schwergeprüften Frau.

»Es ist sehr lieb von Ihnen, daß Sie mir so freundlich entgegenkommen, Gräfin, und es freut mich sehr, daß wir hier unter all den fremden Menschen, weitab von der Heimat, auf Sie trafen«, erwiderte Lia in ihrer herzlichen Weise.

Baron Brinkenau lächelte.

»Ja, meine gnädige Frau, die Welt ist klein! Aber nun, da wir Sie im Schatten der Pyramiden als glückliches Hochzeitspaar gefunden haben, lassen wir Sie nicht sogleich wieder entwischen. Ein Stündchen müssen Sie uns jetzt Gesellschaft leisten und bei uns Platz nehmen. Die Aussicht ist hier besonders schön.«

Sie nahmen Platz, und Baron Brinkenau belegte Lia sofort mit Beschlag. Seine frische offenherzige Art gefiel ihr, und sie ging gern auf seinen fröhlichen Ton ein, während Hanno sich der Gräfin widmete, wobei er jedoch jedes Wort hörte, das Lia mit dem Baron wechselte.

Durch den Baron und die Gräfin wurde das junge Paar schnell mit dem größten Teil der im Al Hajat wohnenden Gesellschaft bekannt, und ehe es sich versah, war es in das fröhliche turbulente Leben mit hineingerissen.

Anfangs wurden Hanno und Lia ein wenig mit ihrer jungen Ehe geneckt. Aber als das junge Paar so gar keine Miene machte, sich abseits von den anderen zu halten, sondern sich vergnügt an allen gemeinsamen Veranstaltungen beteiligte, da vergaß man bald, daß man Hochzeitsreisende vor sich hatte.

So vergingen die Tage schnell genug.

Lia war froh, daß sie auf diese Weise dem Alleinsein mit Hanno entging. Sie gab sich in Gesellschaft freier und froher, und ohne zu wollen, bevorzugte sie den allezeit lustigen und liebenswürdigen Baron Brinkenau besonders.

Hanno beobachtete die beiden indessen mit innerer Unruhe. Er ahnte ja nicht, daß Lia hauptsächlich deshalb Lothars Nähe suchte, weil sie von ihm soviel über Hanno hören konnte. Es quälte ihn, daß sie dem Baron gegenüber so herzlich und zutraulich war, wie er sie sonst kaum je gesehen hatte. Baron Brinkenau entging das nicht, und so ließ er es Hanno gegenüber nicht an scherzhaften Neckereien fehlen.

»Mach nicht solche Othello-Augen, mein lieber Hanno; laß einem armen Junggesellen, der nicht das Glück hat, eine so scharmante Frau zu besitzen, auch ein paar Brosamen abfallen von deiner reich besetzten Tafel!« meinte er lachend und führte Lia davon.

Hanno mußte zu solchen Neckereien gute Miene machen, aber er gönnte Lothar so wenig wie jedem anderen ein einziges freundliches Wort von Lia. Denn je länger er so ruhig und beherrscht neben seiner jungen Frau dahinleben mußte, desto tiefere Qualen litt er; die gelassene Selbstverständlichkeit, mit der ihn Lia wie einen Freund und Bruder, aber nicht wie einen Gatten behandelte, wurde ihm von Tag zu Tag unleidlicher.

Eines Tages promenierten sie in einer der großen maurischen Hallen, wo man oft nach Tisch stehend und plaudernd den Mokka nahm. Baron Brinkenau ging wie gewöhnlich an Lias Seite, während Hanno mit der Gräfin folgte.

Hannos Augen konnten nicht von ihr lassen, und ein halb unterdrückter Seufzer kam über seine Lippen.

»Ihr Frau Gemahlin gehört zu den Frauen, die in ihrer äußeren Erscheinung immer etwas Mädchenhaftes behalten«, sagte die Gräfin Axtheim zu ihm. »Sie ist wie ein Waldkind. Es ist kein Wunder, daß man sie hier, wo so viele überkultivierte Frauen zusammen sind, von allen Seiten anschwärmt. Sie wirkt in der heißen Wüstensonne wie ein frischer Quell.«

Obwohl Hanno jedes ihrer Worte hätte unterschreiben mögen, fragte er scheinbar leichthin: »Wird meine Frau so viel angeschwärmt?«

Die Gräfin lächelte fein. »Oh, das merken Sie sicher selbst genug! Man beneidet meinen Bruder sehr, daß er als Ihr guter Freund, Ihrer jungen Frau Kavalierdienste leisten darf. Und Lothar ist sehr stolz auf diese Auszeichnung.«

»Wirklich?« fragte Hanno, nicht so ganz bei der Sache, da er unverwandt Lia mit seinen Blicken folgte.

»Ja, wirklich. Und ich bin sehr froh, hauptsächlich für meinen Bruder, daß wir Sie hier getroffen haben. Lothar hat mir ein Opfer gebracht, als er mit mir hierher ging. Im Anfang langweilte er sich entschieden. Es fehlte ihm die passende Gesellschaft, und er suchte nur, um mich zu zerstreuen, Fühlung mit den Menschen hier zu behalten. Nun ist er aber sehr vergnügt, und das danken wir Ihnen und Ihrer Frau Gemahlin.«

»Aber, gnädigste Gräfin, das beruht doch auf Gegenseitigkeit«, wehrte Hanno höflich ab.

Die Gräfin schüttelte den Kopf. »Nein, nein, ich bin eine sehr trübselige Reisekameradin, obwohl auch ich in Ihrer Gesellschaft anfange, wieder etwas aufzuleben. Aber es scheint mir manchmal, wir belegen Sie beide zu viel mit Beschlag. So junge Eheleute sind sonst meist für ihre Umgebung ein wenig ungenießbar und bevorzugen die Einsamkeit zu zweien. Sie beide machen eine bewundernswert rühmliche Ausnahme.«

Hanno zwang sich zu einem Scherz. »Vielleicht sind wir eher eine unrühmliche Ausnahme und erscheinen Ihnen sicher als ein recht nüchternes Ehepaar.«

Die Gräfin sah ihn mit ihren großen traurigen Augen ernsthaft an und schüttelte den Kopf. »Nein, man fühlt es nur zu gut, bei Ihnen beiden sitzt die Liebe zu tief, als daß Sie Ihre Zärtlichkeiten zu Markte tragen möchten. Ich kann es sehr gut verstehen, daß Ihre junge Frau ihre Liebe wie ein Heiligtum vor fremden Blicken birgt. Das gefällt mir gerade so gut an ihr. Ich habe Ihre Frau Gemahlin überhaupt herzlich liebgewonnen, obwohl ich mich sonst nur schwer an jemand anschließe. Wenn wir erst wieder in Deutschland sind, müssen wir uns gegenseitig besuchen. So weit entfernt liegt Axtheim ja nicht von Lankwitz. Wir dürfen uns nicht mehr aus den Augen verlieren. Wie lange bleiben Sie noch hier?«

»Ende November fahren wir heim, Gräfin.«

»Oh, dann werden wir Sie traurigen Herzens ziehen lassen müssen.«

»Gedenken Sie länger hierzubleiben?«

»Ja, wir wollen den ganzen Winter in Ägypten verleben. Später gehen wir nach Kairo. Die Ärzte haben mir das verordnet. Lothar bleibt bei mir, er hat sich auf ein ganzes Jahr beurlauben lassen. Aber um die Osterzeit kehren auch wir nach Deutschland zurück.«

»Dann gehen Sie nicht an Lankwitz vorüber, ohne uns zu besuchen, wir bitten darum.«

»Wir werden gern kommen, wenn es Ihrer Frau Gemahlin recht ist.«

Da sich jetzt Lia und der Baron umwandten, ergriff Hanno die Gelegenheit, ihr gleich zu sagen was er mit der Gräfin besprochen hatte. Lia sah lächelnd zu dieser hinüber.

»Das nenne ich Ideen-Übereinstimmung. Ich habe soeben mit Ihrem Herrn Bruder dasselbe Thema erörtert, und er hat mir versprochen, daß Sie beide das Osterfest in Lankwitz verleben, wenn es Ihnen recht ist, Gräfin.«

Lothar nickte lebhaft. »Jawohl, mein lieber Hanno, Ostern tauchen wir also in Oberlankwitz auf, und du hast nichts weiter dazu zu sagen, als daß du dich riesig darüber freust.«

Hanno wußte freilich in diesem Augenblick nicht, ob er sich über diese Aussicht freuen sollte. Lias und Lothars strahlend frohe Gesichter gaben ihm zu denken. Doch als höflicher Mann beeilte er sich zu versichern, daß er sich ausnehmend freuen würde.

Er hielt sich aber auf der weiteren Promenade dicht an Lias Seite.

Wenige Tage später stand Lia mit Baron Brinkenau an der Marmorbalustrade auf der Terasse und beobachtete den Sonnenuntergang. Die Landschaft vor ihnen war in glühendrotes Licht getaucht, und ein Abglanz dieses Lichtes überhauchte Lias schlanke Gestalt. Ihr goldbraunes Haar flimmerte wie flüssiges Metall, und es war kein Wunder, daß der Baron seine Augen lieber bewundernd auf ihr ruhen ließ als auf der Landschaft.

Dabei erzählte er ihr wieder einmal von der schönen Berliner Zeit, die er mit Hanno in fröhlicher Kameradschaft verlebt hatte.

Und bei dieser Gelegenheit kam der Baron zum erstenmal auch auf den Grafen und die Gräfin Korff zu sprechen.

Lias Herz durchzuckte dieser Name wie ein scharfer Stich. Aber sie fragte scheinbar unbefangen: »Sie kennen Gräfin Korff?«

Der Baron verbeugte sich. »Gewiß, gnädige Frau, Hanno und ich haben viel im Korffschen Hause verkehrt. Er ist übrigens ein weitläufiger Vetter meiner verstorbenen Mutter. Wir standen früher auf ziemlich gespanntem Fuß wegen einer Familienstreitigkeit. Aber als Hanno mich auf einem Basar mit der Gräfin bekannt machte, erklärte sie sich sofort liebenswürdigerweise bereit, das Ihre zu tun, um zwischen uns zu vermitteln, und das hat sie auch getan. Wenige Tage später erhielt ich eine Einladung, und dann war ich mit Hanno bald fast täglicher Gast im Korffschen Hause. Die Gräfin ist eine scharmante Frau, eigentlich viel zu scharmant für meinen alten verdrießlichen Vetter. Ich habe mich immer vorzüglich mit der Gräfin verstanden, aber meine Schwester, die sie auch kennenlernte, hat seltsamerweise eine stille Abneigung gegen sie, obwohl wir sonst in unseren Sympathien und Antipathien meistens harmonieren. Käthe behauptet, Gräfin Susanna sei kokett und oberflächlich. Kennen Sie die Gräfin Susanna näher?«

Lia sah schmerzlich versonnen vor sich hin. »Sie ist eine Kusine meiner beiden Freundinnen Molly und Dolly Bornheim, und wir nennen uns du seit den Mädchentagen der Gräfin. Sie ist sehr oft in Bornheim zu Besuch, aber innerlich sind wir uns nie nähergekommen.«

»Zu Ihrer Hochzeit waren Graf und Gräfin Korff zugegen, nicht wahr? Ich hörte wenigstens, daß Gräfin Susanna ihre Anwesenheit zusagte.«

»Ja, sie waren zugegen«, erwiderte Lia, und eine helle Röte stieg in ihre Wangen.

»Bornheim muß sehr schön und idyllisch liegen«, fuhr der Baron fort. »Ich erinnere mich wenigstens, daß die Gräfin ganz begeistert von dem Bornheimer Park schwärmte.«

Baron Brinkenau ahnte nicht, an welch wunden Punkt er da in aller Harmlosigkeit rührte.

In demselben Moment trat Hanno zu den beiden heran. Er sah Lias jähes Erröten und merkte, daß sie erregt und verlegen war. Da er sie scharf und forschend anblickte, steigerte sich ihre Verlegenheit noch mehr.

Der Baron aber nickte Hanno unbefangen zu. »Wir bewundern den Sonnenuntergang und plaudern dabei von Berlin, Hanno. Ist das nicht ein doppeltes Schwelgen in Genüssen?« scherzte er.

Lia blieb jedoch still, sie vermochte nicht auf den scherzenden Ton einzugehen. Starr und unverwandt sah sie in das sinkende Licht.

Die letzten Strahlen der Sonne überfluteten die Wüstenlandschaft noch einmal mit lodernder Glut, die ihren Widerschein bis zum Himmel zurückwarf. Aber trotz dieses Zaubers war ein Gefühl von Heimweh in Lias Herzen, Heimweh nach dem stillen Frieden von Niederlankwitz.

Aber das war ja nun ihre Heimat nicht mehr, sie gehörte jetzt an Hannos Seite und sollte ihm helfen, ein neues Leben zu zimmern.

Sie reckte sich straff empor und streckte die Arme aus,

als wolle sie sich gegen einen unsichtbaren Feind wehren. Baron Brinkenau beobachtete sie lächelnd. »Gnädigste Frau, so kriegerisch mit einem Mal?« fragte er scherzend.

Sie zwang sich in die Wirklichkeit zurück und lächelte. »Vielleicht sah ich wirklich Feinde vor mir«, erwiderte sie, auf den Scherz eingehend.

»Wehe dem, der Ihnen etwas zuleide tut, der bekommt es mit mir zu tun!« lachte der Baron.

Da legte Hanno Lias Hand mit festem Druck auf seinen Arm. »Erst einmal mit mir, Lothar, denn ich bin wohl der Nächste dazu!« sagte er mit klingender Stimme. Aber der Baron blieb harmlos vergnügt.

»Natürlich, du Barbar, nun pochst du schon wieder auf deine Rechte. Nicht die kleinste Vergünstigung gönnst du mir.«

»Nein, nicht die kleinste, ich bin in dieser Beziehung sehr mißgünstig!« erwiderte Hanno mit einer Betonung, die Lia seltsam in den Ohren klang. Es lag ein so schwerer Ernst in diesen Worten, obwohl er sich zwang, dazu zu lächeln. Sie sah von der Seite zu ihm auf. In seinen Augen lag ein ihr unverständlicher Ausdruck.

Da erwachte der trotzige Stolz wieder in ihrer Brust. Was gab ihm, der eine andere liebte, ein Recht auf sie?

Sie zog rasch die Hand aus seinem Arm. »Streiten Sie nicht darum, wer mich schützen soll. Vor den Feinden, die ich vor mir sah, kann ich mich nur allein beschirmen. Und ich hoffe, daß meine Kraft dazu ausreicht«, sagte sie, sich gewaltsam zu einem scherzhaften Ton zwingend.

Und dann trat sie rasch auf die Gräfin Axtheim zu. »Sie haben den herrlichen Sonnenuntergang verpaßt«, sagte sie.

Die Gräfin schüttelte lächelnd den Kopf. »O nein, ich genoß ihn von meinem Zimmer aus.«

In Gesellschaft der Gräfin erschienen noch einige Herren und Damen, so daß die Unterhaltung nun allgemein wurde. Aber Hanno blieb nervös an diesem Abend und wich nicht mehr von Lias Seite.

Seit dieser Stunde wartete er mit einer bedrückenden Angst auf den Moment, wo ihm Lia sagen würde: »Ich liebe einen anderen, deinen Freund Baron Brinkenau.«

In selbstquälerischer Pein hatte er so manches falsch gedeutet und litt alle Qualen der Eifersucht.

Von Tag zu Tag wurde seine Liebe zu Lia stärker und tiefer. Das war eine andere Liebe, als er sie bisher empfunden, eine Liebe, an die er bis heute nicht geglaubt hatte.

Daß Lia ihm ihr Wort halten würde, bezweifelte er nicht. Sie würde ihm offen und ehrlich sagen, wenn sie einen anderen liebte, das wußte er. Und er hatte sich noch nie vor etwas derart gefürchtet, wie vor dieser Eröffnung. Ohnmächtig stand er den Dingen gegenüber, und diese Ohnmacht quälte ihn namenlos. Er hätte sofort mit Lia abreisen mögen. Aber unter welchem Vorwand sollte er das tun? So sehnte er das Ende des Heluaner Aufenthalts herbei und atmete auf, als die Zeit endlich abgelaufen war, ohne daß das gefürchtete Wort gefallen war.

Am Tag vor der Abreise erklärte der Baron in Übereinstimmung mit seiner Schwester, daß sie das junge Paar morgen bis Kairo begleiten wollten.

Lia nahm dies Versprechen mit herzlicher Freude auf, und auch Hanno zwang sich zu einigen dankenden Worten. Aber es verlängerte nur seine Qual.

Am nächsten Morgen fuhr man gemeinsam nach Kairo. Bis zum letzten Augenblick fürchtete Hanno noch irgend etwas Unerwartetes, Peinigendes. Aber schließlich hatte man sich zum letztenmal die Hände gereicht, Lia und die Gräfin küßten sich und fanden in dieser letzten Stunde das freundschaftliche Du. Auch Hanno und Lothar schüttelten sich die Hände.

»Auf Wiedersehen zu Ostern in Oberlankwitz!« rief Lia den Geschwistern noch zu, als sich der Zug schon in Bewegung setzte.

»Auf Wiedersehen!« riefen die beiden zurück.

Lia winkte ihnen zu, solange sie die beiden Gestalten noch erblicken konnte.

Hanno hätte am liebsten dem Freund zugerufen: »Komm lieber nicht nach Lankwitz, du bedrohst meinen Seelenfrieden!« Aber er durfte es nicht tun, sondern wartete die nächste Stunde noch in Angst und Pein, ob Lia vielleicht jetzt mit ihm reden würde. Aber sie plauderte nur von gleichgültigen Dingen. Hatte er sich umsonst gesorgt? War Lothar seiner Frau nicht so teuer geworden, wie er zu bemerken geglaubt hatte? Oder war sich Lia nur noch nicht klar über ihre Gefühle? Es kam eine leise Zuversicht über Hanno, daß Lia auf die Dauer seiner wahren tiefen Liebe, wie sie jetzt für sie in seinem Herzen lebte, nicht würde widerstehen können. Unablässig und geduldig wollte er um sie werben.

IX

Es lag schon der erste Schnee auf den Fluren von Lankwitz, als Hanno mit Lia heimkehrte. Onkel Joachim und der Verwalter Brandner hatten dem jungen Paar einen festlichen Empfang bereitet. Frau Alice hatte jedoch keine Hand dazu gerührt und verhielt sich völlig passiv. Sie sah Lias Einzug in Oberlankwitz durchaus nicht mit freudigen Gefühlen entgegen, und mochte sie sonst auch viele Fehler haben, so unehrlich war sie doch nicht, Gefühle zu heucheln, die sie nicht empfand. Onkel Joachim hatte auf seine Kosten für Lia einige Zimmer in Oberlankwitz einrichten lassen, denn Frau Alice hatte sich energisch geweigert, auch nur einen einzigen Raum der Zimmerflucht abzutreten, die sie bisher als Herrin des Hauses bewohnt hatte.

»Es fällt mir nicht ein, mich auch noch in dieser Beziehung einzuschränken! Die Zimmer gehören mir, die Einrichtung hat mir mein verstorbener Mann geschenkt. Ich wüßte nicht, wer oder was mich daraus vertreiben könnte«, hatte sie Onkel Joachim auf seine Anfrage erwidert.

Der alte Herr wollte jede unnötige Reibung vermeiden, und deshalb hatte er für Lia einige Räume hübsch und behaglich ausstatten lassen. Hanno sollte nach wie vor die einstigen Zimmer seines Vaters bewohnen.

So fand Lia bei ihrer Heimkehr ihr kleines Reich ganz für sich, abseits von denen ihrer Schwiegermutter und ihres Mannes. Sie dankte Onkel Joachim herzlich für sein liebevolles Bemühen und fand die Einrichtung geschmackvoll, behaglich und ganz nach ihrem Wunsch.

»Laß nur, mein Kind, das bedarf nun wirklich keines

Dankes. Ich war froh, daß ich jetzt in der stillen Zeit etwas zu tun hatte, und es hat mir Freude gemacht, dir ein warmes Nestchen zu bauen. Ich hätte auch gern schon im Haus ein bißchen nach dem Rechten gesehen und ein wenig aufräumen lassen, denn es sieht überall bös aus. Aber ich habe doch lieber alles gelassen, wie es war, denn ich dachte, daß es dir selbst Freude machen würde, hier Ordnung zu schaffen. Du hast dazu auch jetzt ein größeres Recht, als Herrin von Oberlankwitz. Mir hätte deine Frau Schwiegermutter vielleicht den Marsch geblasen, wenn ich mich eingemischt hätte.«

Lia nickte ihm lächelnd zu. Sie standen allein in ihren Zimmern, Hanno war zu seiner Mutter hinübergebeten worden.

»Du hast ganz recht, Onkel Joachim, ich freue mich auf die Arbeit nach dem Nichtstun dieser Wochen.«

Er sah forschend in ihr stilles Gesicht. »War es denn nicht schön auf der Reise, mein Kind?«

»Doch, Onkel Joachim, wunderschön war es. So viel werde ich dir zu erzählen haben von den Wundern des Orients. Du müßtest diese Reise auch einmal machen.«

»Nun, nun, man soll nichts verreden! Aber war es auch in dir selbst klar und hell, mein Kind?« fragte er, ihre Hand fassend. »Du kommst mir ein bißchen schmal und blaß vor.«

Das Rot stieg ihr ins Gesicht. Aber sie lachte scheinbar sorglos, um den Onkel nicht zu beunruhigen. »Es war alles doch ein wenig strapaziös, Onkel Joachim. Und dann sehnte ich mich auch wieder nach Hause, nach Schnee und Kälte. Du sollst sehen, wie schnell ich hier wieder rote Wangen bekomme.«

»Gott gebe es! Nun sag mir nur noch eins: wie stehst du mit Hanno?«

Sie sah ihn mit großen ernsten Augen an. »So, wie es nicht anders sein kann, Onkel Joachim; bitte, frag nicht weiter.«

Der alte Herr seufzte. »Mein Kind, war er nicht gut zu dir?«

»Doch, Onkel Joachim, sehr gut sogar! Er tut alles, was er kann, und wir kommen sehr gut miteinander aus.«

»Also bist du zufrieden?«

Sie nickte und fuhr dann fort: »Und nun habe ich eine so schöne Aufgabe vor mir, Oberlankwitz soll wieder aufblühen, ich will meine ganze Kraft dafür einsetzen!«

»Bravo, Kind! Und ich hoffe, Hanno wird dir dabei helfen.«

»Das hoffe ich auch. Aber versprich mir, dränge ihn nicht dazu! Gezwungen würde er nur mit Unlust ans Werk gehen. Er muß selbst Lust bekommen, und dann wird er den rechten Weg schon finden.«

»Ja, ja, ich rede ihm nicht drein, da sei unbesorgt. Es wird schon alles gut werden. Ich weiß ja dich am Steuer, und auf dich ist Verlaß. Frau Alice wird dir schon aus reiner Bequemlichkeit nicht dreinreden. Tut sie es aber doch, dann laß dich nicht irremachen und vor allen Dingen nicht ducken. Du bist jetzt Herrin hier.«

Ein Lächeln huschte um Lias Mund. »Unbesorgt, Onkelchen, ich werde mit ihr fertig werden und ohne Zank und Streit.«

»Gott gebe es, mein Kind! Und nun reden wir nicht mehr darüber. Jetzt mach dich frisch! Ich reite nach Niederlankwitz zurück. Wollte nur deinen Einzug nicht versäumen.«

»Willst du nicht zu Tisch bleiben?«

»Heute nicht. Wenn es dir recht ist, morgen.«

»Dann also auf morgen, Onkel Joachim. Und – nein,

nein, ich danke dir nicht, nicht mit Worten. Du sollst Taten sehen.«

Sie küßte ihn herzlich und geleitete ihn lächelnd zur Tür.

Und nun begann ein neues Leben für Lia, ein Leben voll Arbeit, reich auch an mancherlei Widrigkeiten und Ärger. Aber bei alledem fühlte sie doch, daß Hanno auf ihrer Seite stand und ihr Schaffen und Wirken anerkannte, wenn er auch vorläufig nichts tat, ihr zu helfen.

Während Lias Tage von früh bis spät mit Arbeit gefüllt waren, wußte Hanno oft nicht, was er beginnen sollte. Er lag stundenlang untätig in seinem Zimmer auf dem Diwan oder saß bei seiner Mutter, wenn Lia keine Zeit für ihn hatte. Und das war oft genug der Fall, denn sie wußte tatsächlich kaum, wo sie zuerst anfangen sollte.

Zuerst galt es einmal, den Haushalt in Ordnung zu bringen, der unglaublich vernachlässigt war, da sich Frau Alice nie um etwas anderes gekümmert hatte, als was zu ihrer eigenen Bequemlichkeit nötig war.

Die Mamsell war wenig tüchtig und dabei noch überlastet, die Dienerschaft träge und nachlässig.

Aber Lia hatte ein seltenes Talent, auch mit den widerspenstigsten Dienstboten fertig zu werden. Sie weckte das Ehrgefühl der Leute und wirkte durch das eigene Beispiel.

Die Leute merkten bald, daß Lia nichts vorzumachen sei, daß sie sich selbst vor keiner Arbeit scheute und alles besser verstand als die bisherige Herrin des Hauses.

So hatte Lia bald gewonnenes Spiel, obwohl sie eine ganz neue und sparsame Wirtschaft einführte, in der nicht, wie bisher, eine Menge Vorräte nutzlos vergeudet wurden. Dafür wurde aber den Leuten in jeder Beziehung ihr Recht, und bald fühlten sie, daß sie jetzt besser fuhren als früher, denn Lia war stets gütig und freundlich, wenn die Leute ihre Pflicht taten, und nahm Anteil an ihren kleinen Leiden und Freuden.

Bald kam jeder, der ein Anliegen hatte, Rat oder Hilfe brauchte, vertrauensvoll zu der neuen jungen Herrin von Oberlankwitz. Und Lia zeigte für alles warmes Interesse.

Wie in den Wäschekammern, mit denen sie begonnen hatte, so wurde auch in den anderen Vorratskammern systematisch Ordnung geschaffen. Lia nahm von allen Gegenständen ein genaues Inventar auf. Das Porzellan, das Silberzeug, Gläser, Kristalle, Küchengeräte, Wäsche, Eßwaren und Weine – alles wurde genau gebucht. Die Porzellanservice und Gläser, von denen manches Stück fehlte, weil es achtlos zerschlagen und beiseite gebracht war, ließ Lia vervollständigen. Und dann betraute sie die anstelligsten und zuverlässigsten Mägde mit der Aufsicht über diese Sachen, so daß sie für den Verbleib verantwortlich gemacht wurden.

Auch um die Küche und den Speisezettel kümmerte sich Lia selbst und führte überall praktische Neuerungen ein.

Anfangs gab das natürlich eine große Umwälzung, und Lias Schwiegermutter mokierte sich in ihrer überlegenen Art über Lias Eifer.

»Es ist doch noch nie so drunter und drüber bei uns gegangen wie jetzt, wo du die vielgerühmte Ordnung einführen willst«, spottete sie eines Tages bei Tisch.

Lia blieb ganz ruhig. »Warte nur wenige Wochen, Mama, bis ich erst einmal energisch durchgegriffen habe, dann soll es an Ordnung und Behagen nicht fehlen.

Ohne eine kleine Umwälzung ist es freilich nicht zu machen«, antwortete sie.

»Strengst du dich auch nicht zu sehr an, Lia?« fragte Hanno besorgt. »Mir scheint, du bist morgens die erste und abends die letzte an der Arbeit.«

»Das bin ich gewöhnt, Hanno, und es wird bald besser werden. Bitte, laß mich nur tun, was ich für nötig halte.«

Hanno war gar nicht angenehm davon berührt, daß Lia so angestrengt arbeitete, schon deshalb nicht, weil sie kaum Zeit für ihn hatte. Aber er sah doch ein, daß es nicht zu ändern war.

»Ich will dich gewiß nicht hindern, ich bin nur in Sorge, daß du dir zuviel zumutest«, erwiderte er.

Aber Lia verfolgte unbeirrt ihr Ziel und war froh, daß sie Arbeit genug hatte, um keine Zeit zum Grübeln zu haben.

Onkel Joachim mußte freilich noch verschiedentlich in seinen Beutel greifen, weil Lia mancherlei anschaffen mußte, wozu kein Geld vorhanden war. Aber er tat es ohne Widerrede, wenn ihm Lia sagte: »Es ist nötig, Onkel Joachim.«

Frau Alice sah dem allen anfangs schweigend zu, dann ging sie zu einer anderen Taktik über und fing an, ihren Sohn gegen Lia aufzureizen.

»Ich bitte dich, Hanno, hast du denn in Oberlankwitz überhaupt noch etwas zu sagen? Deine Frau schaltet und waltet hier ja unumschränkt, und Brandner verhandelt auch nur mit ihr und über deinen Kopf hinweg«, sagte sie eines Tages.

»Lia versteht ja auch alles viel besser als ich«, antwortete Hanno ruhig.

Seine Mutter zuckte die Achseln. »Ob das so sicher ist? Und dann, was verbraucht sie für eine Menge Geld, mehr, als ich je verbraucht habe. Das fliegt ja nur so zum Fenster hinaus für allerlei nutzlosen Kram. Und wenn auch Onkel Joachim jetzt das Geld gibt, so wird es dir doch sicher auf dein Konto geschrieben. Mir gegenüber wird mit dem Pfennig geknausert, ich muß mich einschränken wie die Frau eines kleinen Kommis. Jetzt muß ich es mir sogar versagen, mir für den Winter einen neuen Pelzmantel zu kaufen, den ich so nötig habe. Und für Lias Wünsche ist immer Geld vorhanden. Du mußt da unbedingt einmal ein Machtwort sprechen.«

Aber Hanno sprach dies Machtwort nicht.

Langsam ging ihm das Verständnis dafür auf, was Lia bezweckte, und er fing an, ihre Bemühungen mit Interesse zu verfolgen. Von Langweile getrieben und von dem Wunsche beseelt, in ihrer Nähe zu sein, suchte er sie zuweilen an ihrer jeweiligen Arbeitsstätte auf.

So trat er eines Tages in die Kammer, in der Glas, Porzellan und Silberzeug aufbewahrt wurden. Lia war dort allein beschäftigt. Sie suchte Muster aus, um sie an die Fabriken senden zu können, und schrieb auf, was an jedem Service fehlte.

»Sieh nur, Hanno, von diesem wunderschönen Kaffeeservice fehlen allein vier Ober- und zwei Untertassen. Nicht ein Service ist im ganzen Haushalt vollständig. Eure Leute haben unglaublich leichtsinnig mit den kostbaren Sachen gewütet«, sagte sie, als er eintrat.

Hanno nahm eine der Tassen und betrachtete sie. »Die habe ich sehr selten in Gebrauch gesehen, Lia, nur bei großen Gesellschaften. Sie sind sehr hübsch. Es ist schade, daß das Service nicht mehr vollständig ist.«

»Ich werde versuchen, das Fehlende von der Fabrik zu bekommen. Sieh hier, diese ganze Liste bezeichnet fehlendes Porzellan.«

Er sah nur flüchtig in die Liste, während sie weiterarbeitete. Sein Blick ruhte dann um so länger auf ihrer Erscheinung. Sie trug ein ganz schlichtes praktisches Kleid aus festem Stoff und darüber eine große leinene Schutzschürze, die ihre schlanke jugendschöne Gestalt knapp umschloß.

Ihr Gesicht war vom Arbeitseifer gerötet, und auf der weißen Stirn zitterten einige lose Löckchen in goldschimmernden Ringen. Es ging ein köstlicher Hauch erfrischenden Lebens und fröhlicher Schaffenslust von ihr aus.

Nun hatte sie die Kiste wieder eingepackt, notierte den Inhalt und klebte einen Zettel mit Inhaltsverzeichnis an die Vorderseite. Dann hob sie die Kiste empor und wollte sie an ihren Platz auf einem breiten Wandregal stellen. Da trat Hanno schnell an ihre Seite und nahm ihr die Kiste ab.

»Das ist zu schwer für dich, laß mich das tun«, sagte er.

Sie überließ ihm die Kiste und trat zurück. In ihren Augen zuckte ein heller Schein.

»Ein wenig schwer sind die Porzellankisten. Aber von den Leuten ist jetzt niemand überflüssig, sie haben alle zu tun«, erwiderte sie lächelnd.

»Dann konntest du mich doch rufen.«

»Ich wollte dich nicht stören.«

»Mich stören? Ich bin dir für jede Unterbrechung der Langweile dankbar.«

Sie verbarg das freudige Aufblitzen ihrer Augen. »Hast du tatsächlich Langweile?« fragte sie scheinbar erstaunt.

»Das kannst du dir doch denken. Kannst du mich nicht öfter brauchen?«

Sie strich die losen Löckchen aus der Stirn, als sei ihr zu heiß. »Das kann ich wohl, wenn du Lust hast, mir zu helfen. Ich muß noch alle diese Kisten hier durchsehen. Würdest du so gut sein, mir die nächste herauszuheben? Sie sind wirklich sehr schwer.«

Mit kraftvollen Armen hob er die schwere Kiste herab und öffnete den Deckel. Lia mußte über seinen Eifer lächeln.

»Du scheinst wirklich Langweile gehabt zu haben, da dir diese Arbeit Vergnügen macht«, sagte sie, ihre Freude verbergend. Es war ihr ein so gutes Zeichen, daß er Lust zeigte, sich irgendwie zu betätigen.

»Schauderhaft, Lia! Man weiß ja hier nicht, wie man die Zeit verbringen soll. Es ist mir wirklich lieb, wenn ich dir helfen kann.«

Sie plauderten dabei friedlich wie gute Freunde. Und dann sagte Lia scheinbar ganz nebenbei: »Morgen muß ich mit Brandner hinaus in den Wald, um die Weihnachtstannen auszusuchen, die geschlagen werden sollen. Es wird höchste Zeit, die Bescherung für die Leute vorzubereiten. Das nimmt mich wieder einige Tage in Anspruch.«

Er sah erstaunt auf. »Das kannst du doch alles der Mamsell überlassen, die hat immer die Bescherung für die Leute ganz allein besorgt. Mama hat sich nie darum gekümmert.«

»Aber ich werde es doch tun, Hanno. Wenn man von den Leuten verlangt, daß sie freudig ihre Pflicht tun, dann muß man auch Interesse zeigen und ihren Freuden und Leiden nicht kalt gegenüberstehen. In Niederlankwitz habe ich stets mit Onkel Joachim für die Leute alles selbst besorgt und mich schon vorher um ihre kleinen Wünsche gekümmert. Auch muß man die Bescherung so festlich wie möglich gestalten. Das kann man ohne größere Ausgaben mit ein wenig Mühe und Verständnis. Du hättest nur sehen sollen, wie die Gesichter der Oberlankwitzer Mägde drüben in der Wäschekammer aufleuchteten, als die beiden Niederlankwitzer Mägde von unseren Weihnachtsbescherungen erzählten und ich ihnen versprach, daß es in Zukunft hier auch so gehalten werden soll. Sie sitzen mit freudigem Eifer bei der Arbeit und singen Weihnachtslieder.«

Hanno hatte nachdenklich zugehört. »Darüber habe ich nie nachgedacht. Aber du magst recht haben. Es ist mir schon aufgefallen, daß unsere Leute jetzt nicht mehr mit so mürrischen Gesichtern wie sonst bei der Arbeit sind. Also, du hast das drüben in Niederlankwitz mit Onkel Joachim selbst besorgt?«

»Ja, er hat es sich nie nehmen lassen, mir dabei zu helfen.«

»Meinst du denn, daß ich dir dabei helfen könnte?« fragte er zögernd.

Ihr Herz klopfte vor Freude, aber sie betrachtete scheinbar sehr aufmerksam eine gesprungene Tasse. »Wenn du wolltest – gewiß.«

»Natürlich will ich.«

»Oh, dann könntest du mir zum Beispiel gleich die Fahrt in den Wald abnehmen und die Tannen aussuchen. Vier große brauchen wir für die Leute und eine kleinere für uns. Onkel Joachim kommt am Heiligabend natürlich herüber. Also, willst du mir das abnehmen?«

Es war ihm nicht gerade recht, daß er etwas allein, ohne ihre Gesellschaft tun sollte. »Weißt du, Lia, am Ende suche ich da verkehrte Tannen aus. Das erstemal könntest du mich wohl begleiten.«

Sie ging arglos darauf ein. »Gut, fahren wir zusammen.«

»Wann?«

»Morgen früh um acht Uhr.«

»So früh schon?«

Es zuckte in ihrem Gesicht. »Ach so – du schläfst ja des Morgens immer gerne sehr lange. Dann fahre ich also allein.«

»Nein, nein«, rief er, »ich fahre natürlich mit! Ich schlafe doch nur so lange, weil ohnedies der Tag für mich so endlos ist.«

Lia sagte nichts darauf, obwohl sie ihm gern gesagt hätte, wieviel nutzbringender er seine Zeit anwenden könne. Vorsichtig mußte sie ihn leiten, ohne daß er es merkte. Scheinbar ganz von selbst mußte er darauf kommen, in der Arbeit Befriedigung zu suchen.

Und Hanno stand am nächsten Morgen viel zeitiger auf, als nötig war, um nur ja Lias Aufbruch nicht zu versäumen. Als er ins Frühstückszimmer trat, sah er zu seinem Erstaunen Lia schon fertig angekleidet am Tisch sitzen und frühstücken.

»Kann ich auch eine Tasse Kaffee bekommen, Lia?« fragte er, mit großen Augen auf das friedliche Bild unter der grünbeschirmten Lampe blickend.

»Gewiß, Hanno.«

Sie holte eine Tasse und ein Besteck für ihn von der Kredenz herüber und füllte ihm die Tasse.

»Du hast dir heute das Frühstück zeitiger als sonst servieren lassen, weil wir in den Wald fahren wollen?« sagte er.

Sie lächelte. »O nein, ich nehme das erste Frühstück immer um sieben Uhr im Winter und um sechs Uhr im Sommer.«

Er sah sie erstaunt an. »Ich denke, du frühstückst um zehn Uhr mit Mama und mir?«

»Das ist dann schon mein zweites Frühstück. Da ich im Sommer um fünf Uhr und im Winter um sechs Uhr aufstehe, müßte ich zu lange auf das Frühstück warten. Deshalb nehme ich um diese Zeit immer mein erstes Frühstück allein ein.«

Er hatte einen unbeschreiblichen Ausdruck im Gesicht. »Davon hatte ich keine Ahnung, daß du schon so zeitig auf dem Platz bist. Wenn ich das gewußt hätte –«

Er vollendete seinen Satz nicht. Aber dies Frühstücksidyll, allein mit Lia, ohne seine Mutter, dünkte ihn so reizvoll, daß er bei sich beschloß, in Zukunft Lia recht oft dabei Gesellschaft zu leisten.

Das Weihnachtsfest wurde ganz nach dem Niederlankwitzer Muster gefeiert. Erst waren Hanno und Lia drüben, um mit Onkel Joachim und Frau Wesemann den Niederlankwitzer Leuten zu bescheren, und dann fuhren sie alle drei nach Oberlankwitz. Es war eine herrliche Fahrt mit dem Schlitten durch die feierliche Winterstille. Als sie aus dem Wald bogen, fing die Glocke der Lankwitzer Dorfkirche an zu läuten. Millionen blitzender Sterne standen am Himmel. »Und Friede auf Erden!« sagte Onkel Joachim und faßte Hannos und Lias Hände mit warmem, festem Druck. In bewegter Stimmung sah Hanno in das matt beleuchtete Gesicht seiner Frau. Es lag ein tiefer Ernst auf ihren reinen Zügen, und ihre Augen blickten wie verträumt in die Ferne.

Das Herz wurde Hanno weit. So gern hätte er seinen Arm um sie gelegt und sie an sich gezogen, in heißen drängenden Worten um ihre Liebe geworben. Aber er wagte es nicht. Wußte er doch nicht, ob sie nicht sehnsüchtig an einen anderen dachte – an seinen Freund Lothar Brinkenau.

So kamen sie in Oberlankwitz an, als die letzten Glokkenklänge verhallten, die das Fest eingeläutet hatten.

Und nun kamen auch hier die Leute zu ihrem Recht, und Frau Alice staunte im stillen über die freudig glänzenden Mienen und über die herzliche Art, in der Lia mit den Leuten verkehrte. Onkel Joachim sorgte durch muntere Scherzreden für eine noch frohere Stimmung. Und dann brachte der Verwalter Brandner ein Hoch aus auf die junge Herrin von Oberlankwitz, in das die Leute begeistert einstimmten.

Frau Alice machte dazu wohl eine spöttische Miene und ließ einige anzügliche Worte fallen, aber es kam ihr nicht ganz von Herzen, und zuweilen machte sie ein nachdenkliches Gesicht und sah unsicher in das ernste liebe Gesicht ihrer Schwiegertochter.

Nachdem die Leute ihr Recht bekommen hatten, zogen sich die Herrschaften in den Saal zurück, wo für sie die Bescherung aufgebaut war. Onkel Joachim hatte auch für Hanno und seine Mutter Geschenke mitgebracht, die Lia schnell noch auf die Gabentische legte.

Zu ihrem grenzenlosen Erstaunen fand also Frau Alice auf ihrem Platz den Pelzmantel, den sie sich so sehnlich gewünscht hatte. Unter Lias Beihilfe, die ihre Schwiegermutter geschickt ausgeforscht, hatte Onkel Joachim diesen Pelzmantel bestellt. Frau Alice starrte sprachlos auf den Mantel, dann blickte sie unsicher auf.

»Ich begreife noch immer nicht«, sagte sie.

»Eine kleine Aufmerksamkeit, verehrte Frau Kusine.«

»Das ist von Ihnen, Herr Vetter?«

»Ich war so frei. Lia hat mir verraten, daß Sie es just auf diesen Pelzmantel abgesehen hatten. Sie gestatten mir also – weil ich es doch im Grunde bin, der Ihnen Ihr Nadelgeld so knapp zugemessen hat.«

»Warum haben Sie es dann getan?« fragte sie, noch an ihrem Groll festhaltend. »Ich weiß genau, was der Mantel kostet. Sie hätten mein Nadelgeld ja nur entsprechend zu erhöhen brauchen.«

Der alte Herr lachte gemütlich. »Nein, nein, Frau Kusine. Oberlankwitz verträgt durchaus keine höhere Belastung. Da ist nichts zu machen. Aber ich kann mir schon einmal das Privatvergnügen erlauben, Ihnen eine Freude zu machen. Ich hoffe doch, es ist Ihnen eine Freude?«

Frau Alice antwortete zunächst nicht. Sie hob schweigend den Pelzmantel empor und sah unschlüssig darauf nieder. Und dann probierte sie ihn zögernd mit Hannos Hilfe an. Er war ganz nach Wunsch ausgefallen.

Als sie sich eine Weile im Spiegel betrachtet hatte, legte sie den Mantel wieder ab. Onkel Joachim half ihr galant dabei.

Da mußte sie lachen. »Sie sind doch ein sonderbarer Kauz, Joachim. Ich danke Ihnen.«

»Ist nicht nötig, Alice; ich hoffe nur, Sie sehen es doch noch eines Tages ein, daß ich es gut mit Ihnen meine, obwohl ich Ihnen das Nadelgeld beschnitten habe.«

Sie antwortete nicht, aber Spott und Groll waren aus ihrem Gesicht geschwunden. Zu Lia herantretend, fragte sie: »Und was hast du von deinem splendiden Onkel Joachim bekommen?«

Lia reichte ihr lächelnd ein Blatt Papier. »Was ich mir gewünscht habe, Mama: eine Anweisung auf die Bank.«

»Wozu willst du denn dies Geld haben?«

»Es fehlt noch an allerhand Kleinigkeiten hier im Haushalt; die will ich dafür anschaffen.«

Mit großen Augen sah Frau Alice ihre Schwiegertochter an. »Wie? Und das hast du dir als Weihnachtsgeschenk gewünscht?«

»Ja.«

»Aber davon hast du doch nichts, was dir persönlich Freude machen kann?«

»Doch, Mama! Ich selbst hatte für meine Person keine Wünsche.«

»Nun bitte ich dich! Eine hübsche junge Frau und keine Wünsche. Du könntest doch noch manches Schmuckstück brauchen, denn du besitzt nur wenig.«

»Ich brauche aber noch weniger, als ich besitze, und es hätte mir kein Schmuckstück so viel Freude gemacht wie dies Geld, für das ich hier soviel Verwendung habe.«

Frau Alice schwieg. Sie sah kopfschüttelnd in Lias Gesicht. Eine solche Anspruchslosigkeit war ihr unverständlich.

Aber zum erstenmal unterließ sie es an diesem Abend, ihren Spott und Groll an Lia auszulassen. Sie sprach freundlich mit ihr und dankte ihr sogar, daß sie sich so viel Mühe gegeben hatte, den richtigen Pelzmantel für sie auszusuchen.

Man saß dann vergnügt bei Tisch, und als Joachim von Lankwitz sein Glas gegen das Frau Alices hielt und dabei sagte: »Und Friede auf Erden!«, da stieß sie friedfertig lächelnd mit ihm an.

X

Die ersten Monate in der alten Heimat waren Lia in dem Bemühen, auf Oberlankwitz Ordnung zu schaffen, wie im Flug vergangen, und sie konnte mit dem Erfolg zufrieden sein. Frau Alice und Hanno bemerkten mit Erstaunen, wie ruhig und glatt sich jetzt die Arbeiten abwickelten, wie willig und fleißig die Leute waren und Lias Weisungen aufs Wort befolgten. Es gab keine mürrischen Gesichter mehr, und der alte Schlendrian war gebannt. Auch mit Frau Alice war seit Weihnachten eine seltsame Wandlung vor sich gegangen. Ihr Staunen über Lias Fleiß und Anspruchslosigkeit, über ihre selbstlose Aufopferung und Hingabe wuchs von Tag zu Tag. Ende Februar erkrankte sie nach einer Erkältung schwer. Es war wohl das erstemal, daß diese Frau, die mit ihren eingebildeten Leiden aus einem Luxusbad in das andere gereist war, wirklich ernstlich krank war.

Wie etwas ganz Selbstverständliches übernahm Lia ihre Pflege in der aufopferndsten Weise. Obwohl sie durch Arbeiten aller Art stark in Anspruch genommen war, wachte sie auch die Nächte am Krankenlager ihrer Schwiegermutter. Dabei blieb sie sanft und geduldig und tat alles, was möglich war, um der Kranken Erleichterung zu schaffen und sie aufzuheitern. Sie sprach ihr herzlich Mut zu und zeigte sich so liebevoll besorgt, als wäre Frau Alice ihre eigene Mutter. So schmolz von Tag zu Tag mehr die Eisrinde um das Herz der stolzen verwöhnten Frau. Noch schwieg sie, aber mit heimlichem Staunen sah sie in Lias Gesicht, wenn sie sich besorgt über sie beugte oder ihr sonst eine Handreichung tat.

Lia fühlte wohl, was im Herzen ihrer Schwiegermutter vorging, und so wunderte sie sich auch nicht, daß Frau Alice eines Tages, als sie sich fieberfrei fühlte, nach Lias Hand griff und leise, fast schüchtern fragte:

»Grollst du mir nicht mehr, Lia, daß ich dir so oft weh getan habe?«

Lia lächelte sanft und sagte: »Nein, Mama, ich grolle dir gewiß nicht, denn ich weiß ja, daß ich dir andere Pläne zerstörte. Aber ich würde mich natürlich freuen, wenn ich wüßte, daß auch du mir nun nicht mehr grollst, schon Hannos wegen, der am meisten darunter leidet!«

»Oh, Hanno nimmt stets deine Partei und hat es nie hören wollen, wenn ich etwas gegen dich sagte.«

Lia errötete und wandte sich ab. »Er will natürlich gern Frieden stiften zwischen uns, liebe Mama. Und wollen wir ihm das nicht leicht machen? Darf ich dich nicht auch wie eine Tochter liebhaben?«

Mit großen, seltsam flimmernden Augen sah die Kranke in Lias Gesicht, das sich ihr zugewandt hatte. »Könntest du denn das – mich liebhaben?«

»Gewiß, Mama, wenn du es dir nur gefallen lassen wolltest.«

»Obwohl ich dir so oft unrecht tat?«

»Das ist ja alles vergessen.«

Lia lächelte und rückte der Kranken sorglich die Kissen zurecht. »Und du könntest mich wirklich liebhaben?« fragte Frau Alice noch einmal.

»Von Herzen, Mama! Du bist doch Hannos Mutter!«

Frau Alice sah unsicher in Lias Augen. Und dann faßte sie plötzlich nach ihrer Hand und streichelte sie scheu und hastig. Aber sie sagte nichts dazu. Stolz und Beschämung schlossen ihr den Mund.

Aber von diesem Tag an war alles geschwunden, was

trennend zwischen den beiden Frauen gestanden hatte.

Hanno war glücklich, als er in den nächsten Tagen seine Mutter im Krankenzimmer besuchte.

»Weißt du, Hanno, daß du eine prachtvolle Frau hast?« fragte sie lächelnd.

Und als er ganz überrascht aufsah, fuhr sie fort: »Jawohl, eine Prachtfrau! Ich nehme alles zurück, was ich je gegen sie gesagt habe. Man muß ihr gut sein, ob man will oder nicht. Sie zwingt einen dazu.«

Hanno atmete tief auf, und seine Augen leuchteten seltsam. »Ja, sie zwingt einen; man muß ihr gut sein«, sagte er vor sich hin.

Seine Mutter sah ihn scharf an. »Und Gräfin Susanna?«

Er schüttelte unwillig den Kopf. »Ich bitte dich, Mama, sprich nicht von ihr. Ich wollte, ich hätte sie nie gesehen. Überhaupt, mich reut mancherlei, das kann ich dir versichern. Seit ich Lia kennengelernt habe, ist ein anderer Mensch aus mir geworden.«

Langsam setzte nun die Arbeit auf den Feldern wieder ein. Lia hatte eifrig mit Onkel Joachim und Brandner beraten und ließ sich nicht abhalten, trotz der noch kühlen Jahreszeit schon früh mit aufs Feld hinauszureiten.

Sie hatte nun keine Zeit mehr, das erste Frühstück mit Hanno gemütlich einzunehmen. Fertig zum Ausreiten, nahm sie, oft nur im Stehen, eine Tasse Kaffee und ging dann an ihre Pflichten.

Hanno blieb dann in sehr unbehaglicher Stimmung zurück, fühlte sich überflüssig und wußte nicht recht, was er tun sollte.

Es ist mehr als peinlich, daß ich so gar nichts von der

Landwirtschaft verstehe, dachte er dann oft niedergedrückt, bis er eines Tages den Entschluß faßte, Lia vorzuschlagen, ihn auf ihren Ritten mitzunehmen. Als sie seltsam dazu lächelte, versprach er eifrig, ein gelehriger Schüler zu sein.

Von diesem Tag an war in Hanno die Arbeitslust geweckt. Er zeigte sich anstellig und merkte bald genug, daß ihm die Begabung zum Landwirt gewissermaßen im Blut lag.

Es war für Lia eine große Freude, daß Hannos Interesse an der Bewirtschaftung seines Besitzes nun wirklich erwacht war, und bei der gemeinsamen Arbeit kamen sie sich auch kameradschaftlich immer näher. Daß sie sich sichtlich an seinem Schaffen freute, machte ihm die Arbeit lieb und leicht.

Onkel Joachim strahlte vor Freude, und es machte ihm Vergnügen, Hanno nun auch seinerseits in die Schule zu nehmen.

Die meiste Freude aber hatte Hanno doch, wenn er mit Lia zusammen arbeiten konnte. So gewann sie ihm schließlich auch Interesse ab für die Rechnungsbücher. Stundenlang konnte er mit ihr zusammen in seinem Arbeitszimmer sitzen, und sie wurde nicht müde, ihm zu helfen, sich einzuarbeiten.

Dann nahm er wohl zuweilen ihre Hand fest und warm in die seine und sagte bewegt: »Mein guter Kamerad, wie dankbar bin ich dir.«

Sie ging aber immer schnell darüber hinweg, denn gerade wenn er so warm und herzlich zu ihr sprach, schmerzte es sie am tiefsten, daß sie, wie sie meinte, keinen Teil hatte an seinem Herzen. Und weher als sonst tat ihr die Erkenntnis, daß sie ihm nie mehr sein würde als eben ein guter Kamerad.

Weder Onkel Joachim noch Hannos Mutter ahnten, welche Kluft zwischen den beiden lag.

Als Frau Alice sich wieder kräftiger fühlte, empfand sie das Bedürfnis, Lia im Haushalt, soweit sie es konnte, zur Hand zu gehen, denn seit Hanno so viel draußen auf den Feldern war oder hinter seinen Wirtschaftsbüchern saß, kam es wie eine Beschämung über sie, daß sie allein ein unnützes Leben führen sollte.

So stand sie eines Tages mit Lia in der Bügelkammer, wo ganze Stöße Wäsche schrankfertig auf den Tafeln lagen. Die sollten in die Schränke eingeschichtet werden. Dabei wollte Frau Alice auch mithelfen.

Während die beiden Damen in voller Arbeit waren, traf Onkel Joachim in Oberlankwitz ein. Als er nach Lia fragte, wurde ihm der Bescheid, sie sei in der Bügelkammer.

Er ließ sich nicht erst melden, sondern ging, um Lia dort aufzusuchen. Und als er die Tür zur Bügelkammer öffnete, blieb er wie angewurzelt auf der Schwelle stehen und blickte sprachlos auf Frau Alice, die, angetan mit einem schlichten Kleid und einer großen Schürze, emsig mit Wäschebündeln hantierte.

»Alle Achtung, Frau Kusine, aber der Anblick nimmt mir fast die Fassung! Sie in der Wirtschaftsschürze und bei der Arbeit in der Bügelkammer! Weiß Gott, Alice, in der berückendsten Pariser Toilette hätten Sie nicht einen so überwältigenden Eindruck auf mich gemacht, als in diesem Arbeitskleid. Wundervoll sehen Sie aus, wie eine richtige fröhliche Hausfrau«, sagte er ganz begeistert.

Frau Alice wurde rot und legte verlegen das Wäschebündel wieder hin, das sie eben mit Bändern umbunden hatte und in den Schrank legen wollte.

Da schlang Lia lachend die Arme um sie. »Ja, denke dir nur, Onkelchen, Mama hat das Arbeitsfieber. Ist das nicht herrlich?«

Frau Alice faßte sich, und halb lachend, halb ärgerlich sagte sie:

»Spotten Sie nur über mich, Joachim! Aber ich kann nichts dafür, ich muß auf meine alten Tage noch in die Schule gehen. Das alles hat Lia zuwege gebracht!«

Der alte Herr schmunzelte. »Ja, ja, ein Mordsmädel! Ich wundere mich kein bißchen, Alice. Aber eine Freude habe ich in mir. Doch nun will ich nicht länger stören, wollte nur Lia im Vorbeireiten guten Morgen sagen.«

»Willst du nicht ein wenig frühstücken, Onkel Joachim?« fragte Lia, ihre Hand in seinen Arm schiebend.

Er strich ihr übers Haar. »Nein, nein, Kind, ich muß nach Bornheim hinüber, habe eine geschäftliche Besprechung mit meinem alten Freund.«

Er küßte Lia herzlich und führte Frau Alices Hand mit umständlicher Galanterie an die Lippen.

Mit vergnügtem Gesicht ritt er davon. Auf dem Wege nach Bornheim traf er Hanno auf dem Feld in vollster Tätigkeit. Er kam schnell herübergeritten, um Onkel Joachim zu begrüßen.

Der alte Herr lachte über das ganze Gesicht. »Guten Morgen, Onkel Joachim! Du siehst ja so vergnügt aus?«

»Jawohl, mein Junge, ich sehe heute lauter Angenehmes, was mich froh macht: dich mit vollen Segeln bei der Arbeit, und in Oberlankwitz, wo ich eben guten Morgen sagte – was meinst du, mein Junge, was ich da Schönes gesehen habe?«

»Was denn, Onkel Joachim?«

»Ich will es dir sagen, mein Junge. Deine Mutter habe ich gesehen, angetan mit einer großen Schürze, und in vollster Arbeit und schönster Eintracht mit Lia in der Bügelkammer. Was sagst du nun? Ist Lia nun ein Prachtmädel oder nicht?«

Hannos Augen leuchteten auf. »Sie ist der gute Engel unseres Hauses, Onkel Joachim.«

Der alte Herr nickte. »Es freut mich, daß du das einsiehst. Aber nun laß dich nicht stören. Geht alles gut voran?«

»Ja, Onkel Joachim, ich arbeite mich von Tag zu Tag besser ein. Und es macht mir Freude. Ich hätte es nie für möglich gehalten, daß ich so viel Befriedigung dabei finden würde.«

Sie nickten sich mit frohen Gesichtern zu und schüttelten sich die Hände. Hanno ritt wieder hinüber zu seinen Arbeitern, und der alte Herr setzte seinen Weg nach Bornheim fort. Seine Augen blickten zufrieden um sich. Er fühlte, daß es nun bergauf gehen würde mit Oberlankwitz, und daß er nicht umsonst Opfer gebracht hatte.

Kurz vor Ostern statteten Dolly und Molly von Bornheim Lia einen Besuch ab.

»Weißt du, weshalb wir heute zu dir kommen, Lia?« fragte Dolly, nachdem sie sich begrüßt hatten.

»Nun, ich denke doch, weil ihr mir schon lange einen Besuch schuldig seid«, erwiderte Lia lächelnd.

»Das nur nebenbei. Wir haben heute ein besonderes Anliegen an dich«, erwiderte Molly.

»Ja«, fügte ihre Schwester eifrig hinzu, »wir haben eine große Bitte an dich. Du weißt, eigentlich sollte unsere Hochzeit erst zu Pfingsten stattfinden, aber wir haben es uns aus verschiedenen Gründen anders überlegt. Und nun bekommen wir so viele Gäste von auswärts, daß die Gastzimmer in Bornheim schwerlich ausreichen werden. Da wollte ich dich bitten, einige von unseren Gästen bei euch aufzunehmen, weil doch Oberlankwitz am nächsten liegt. Willst du uns den Gefallen tun, liebe Lia?«

»Selbstverständlich, das bedarf doch keiner Frage.«

»Das ist lieb von dir. Es handelt sich um fünf bis sechs Personen, die anderen bringen wir alle bei uns unter. Wen dürfen wir dir also schicken? Vielleicht Susanna mit ihrem Gatten und unsere drei Vettern? Oder willst du lieber unseren Onkel Theo mit seiner Frau und seinen drei Töchtern aufnehmen?«

Lia war leise zusammengezuckt. Ihr Gesicht wurde ein wenig bleich. Aber sie beherrschte sich sofort wieder, nur ihre Hand zitterte leise, als sie über die Stirn strich, als scheuche sie einen quälenden Gedanken fort.

Gräfin Susanna! Da war der schwere Druck wieder auf ihrer Seele, der in den letzten Wochen fast gewichen war. Und diese Frau sollte sie in ihr Haus aufnehmen, sollte ihr Gastfreundschaft gewähren? Nein, nein, das ging über ihre Kraft; dazu konnte sie sich nicht verstehen.

Sie atmete tief auf. »Dann schickt uns nur euren Onkel Theo mit seiner Familie«, sagte sie mit klangloser Stimme.

Die Schwestern dankten sichtlich erfreut. »Ach, Lia«, sagte Dolly lachend, »das ist wirklicher Opfermut von dir. Du weißt ja, Onkel Theo und seine Damen sind nicht gerade bequeme Gäste. Wir wagten es dir kaum anzubieten, obwohl es uns natürlich am liebsten ist, wenn du gerade diese Menschen aufnimmst, die so schrecklich umständlich und anspruchsvoll sind. Und Susanna und ihr Gatte hätten es vielleicht gar übelgenommen, wenn sie ihre alten Zimmer in Bornheim nicht bekommen hätten, er jedenfalls. Du weißt, er ist immer ein wenig nörgelig.«

Lia wehrte beschämt ab. »Ich bitte euch, da braucht es doch weiter keiner Worte. Also es bleibt dabei, ihr schickt uns Onkel Theo und Familie«, sagte sie hastig, froh, daß es ihr erspart blieb, Gräfin Susanna aufzunehmen.

Die Schwestern plauderten noch ein halbes Stündchen mit Lia und fuhren dann wieder heim.

Lia sah ihnen gedankenverloren nach. Was wohl Hanno für eine Wahl getroffen haben würde, wenn er zugegen gewesen wäre, dachte sie.

Und der Gedanke, daß Gräfin Susanna nun bald wieder in Bornheim sein und mit Hanno zusammentreffen würde, bedrückte ihr das Herz. Ihr schien, als sei plötzlich die Sonne versunken.

Mechanisch ging sie wieder an ihre Arbeit, aber die rechte Freudigkeit fehlte ihr heute.

Als Hanno um die Mittagszeit nach Hause kam, begegneten sie sich im Hausflur. Er hielt eine Depesche in der Hand, die er eben einem Boten abgenommen hatte.

»Es meldet sich Besuch an, Lia!« sagte er und reichte ihr die Depesche.

Sie trat ins Licht und faltete sie auseinander.

»Wenn angenehm, kommen wir Ostersonnabend mittags nach Oberlankwitz. Andernfalls bitte Absage Berlin, Kaiserhof. Lothar Brinkenau.«

Ein freudiges Rot stieg in Lias Gesicht, und dieser Farbenwechsel entging Hanno nicht. Es durchzuckte ihn ein brennender Schmerz, als sie nun ausrief: »Oh, das ist nett!«

Sie gab ihm die Depesche zurück und entschuldigte

sich, weil sie noch einmal nach der Küche sehen mußte. Hanno sah ihr mit brennenden Augen nach. Ihn hatte diese Depesche wenig erfreut. Er fürchtete des Freundes Anwesenheit.

Langsam und nachdenklich ging er in sein Zimmer, um sich umzukleiden. Erst bei Tisch sah er Lia wieder. Und da fiel ihm auf, daß sie zerstreut erschien und mit ihren Gedanken weit fort war. ›Bei Lothar,‹ dachte er eifersüchtig. Am liebsten hätte er dem Freund abgeschrieben, aber das ging nicht gut. Und was hätte es geholfen? Wenn Lia ihr Herz wirklich an Lothar Brinkenau verloren hatte, dann blieb es auch sein Eigentum, gleichviel, ob er kam oder nicht. Aber hatte ihm Lia nicht fest versprochen, es ihm zu sagen, wenn sie ihr Herz einem anderen Mann schenkte? Sie würde dies Versprechen sicher halten, sagte er sich zum Trost. Noch konnte es also nicht geschehen sein. Vielleicht war sie sich auch noch nicht klar darüber. Aber diese Klarheit konnte ihr jeden Tag kommen, wenn sie Lothar jetzt wiedersah, vielleicht schon in der Stunde des Wiederbegegnens. Und so mußte er mit Angst und Sorge diesem Wiedersehn entgegenblicken. Es kostete ihn viel Selbstüberwindung, ruhig zu scheinen.

Seine Mutter erkundigte sich bei Tisch, als sie von dem bevorstehenden Besuch hörte, näher nach Baron Brinkenau und seiner Schwester. Lia raffte sich auf aus ihrer gedrückten Stimmung und erzählte lebhaft von den Geschwistern und den in Heluan verlebten schönen Tagen. Sie sprach warm und herzlich von dem Baron und von Gräfin Axtheim, aber Hanno lauschte voll Eifersucht auf die Worte, die sie über Lothar Brinkenau sprach.

»Es freut mich sehr, daß wir so liebe sympathische

Gäste bekommen«, sagte Lia. »Da fällt mir übrigens ein, daß Molly und Dolly von Bornheim uns auch Logierbesuch angekündigt haben.«

Hanno sah sie fragend an. »Wie soll ich das verstehen?«

»Am zehnten Mai ist in Bornheim Doppelhochzeit, und die Schwestern waren hier, um uns zu bitten, ihren Onkel Theo mit seiner Familie für die Festtage aufzunehmen, da die Gastzimmer in Bornheim nicht ausreichen. Ich habe natürlich zugesagt. Es ist dir doch recht, Hanno?«

»Gewiß, wenn es dir und Mama keine Störung verursacht.«

»Mein Gott!« rief Frau Alice einigermaßen entsetzt. »Warum haben uns Bornheims gerade diese Menschen zugedacht!«

Lia stieg das Blut ins Gesicht. Sie hätte nun eigentlich sagen müssen, daß sie die Wahl gehabt hatte. Aber nicht um die Welt wäre ihr das über die Lippen gekommen.

»Es handelt sich ja nur um wenige Tage, Mama«, sagte sie nur begütigend.

Das Gespräch wandte sich nun der Doppelhochzeit auf Bornheim zu. Aber es herrschte heute nicht der frohe freie Ton wie in den letzten Wochen.

Mit schwerem Herzen erhob sich das junge Paar. Hanno fürchtete den Besuch Brinkenaus, und Lia fürchtete noch viel mehr die Anwesenheit der Gräfin Korff in Bornheim.

Während des Winters hatte sie von Tag zu Tag erwartet, daß Hanno unter irgendeinem Vorwand nach Berlin reisen würde, weil er es der Gräfin Susanna halb und halb versprochen hatte. Und sie war im Herzen froh darüber gewesen, daß der Winter vergangen war, ohne daß Hanno den Wunsch geäußert hatte. An Vorwänden hätte es ihm sicher nicht gefehlt. Und zuweilen hatte sie in dem herzlichen Verkehr, der sich zwischen Hanno und ihr bei der gemeinsamen Arbeit gebildet hatte, ganz vergessen können, daß es eine Gefahr für ihren Seelenfrieden gab, die Gräfin Susanna hieß.

Nun war sie schmerzhaft an diese Gefahr erinnert worden, und ein Wiedersehn zwischen Hanno und der Frau, die er liebte, stand nahe bevor. Dolly von Bornheim hatte eine Bemerkung darüber fallen lassen, daß Gräfin Susanna auch nach der Hochzeit noch einige Monate in Bornheim bleiben würde.

»Susanna hat sich liebenswürdigerweise erboten, meinen Eltern in den ersten Monaten Gesellschaft zu leisten, damit sie die Einsamkeit nicht so sehr fühlen«, hatte sie gesagt.

Ach, Lia wußte, welcher Magnet Susanna nach Bornheim zog und festhielt.

Auch Hanno dachte daran, daß zur Bornheimer Doppelhochzeit Gräfin Susanna kommen würde. Weil er es wünschte, nahm er an, daß sie inzwischen ruhiger geworden sei. Jedenfalls nahm er sich vor, ganz energisch einen Schlußstrich unter die Affäre zu ziehen, falls Susanna es nicht selbst getan haben sollte. Er hatte nicht die mindeste Lust mehr, ihr eine verliebte Komödie vorzuspielen. Wenn alles nichts half, wollte er ihr offen sagen, daß sein Herz seiner jungen Frau gehöre und immer gehören würde.

Ja, Hanno fühlte es mit Bestimmtheit, nie würde sein Herz sich jemals wieder einer anderen Frau zuwenden. Das gehörte Lia für alle Zeit.

Angenehm war ihm das bevorstehende Zusammentreffen mit Susanna nicht, aber momentan bedrückte eine viel größere Sorge sein Gemüt: wie Lia sich zu Lothar Brinkenau stellen würde.

Pünktlich traf Baron Brinkenau mit seiner Schwester in Oberlankwitz ein. Lia empfing sie mit alter Herzlichkeit, während Hanno sich von einer geheimen Angst nicht freimachen konnte. Lia und die Gräfin küßten sich innig.

»Wie prachtvoll du dich erholt hast, liebe Käthe. Ich freue mich, wie gesund und frisch du aussiehst«, sagte Lia.

Die Gräfin nickte lächelnd. »Ja, gottlob, ich fühle wieder neuen Lebensmut, und das danke ich nicht zum wenigsten dir, liebe Lia, und deinem Gatten. Wenn ihr nicht damals nach Heluan gekommen wäret, dann hätte ich mich wohl schwerlich jemals wieder aus meinem Trübsinn aufgerüttelt.«

»Waren Sie bis jetzt in Ägypten, Gräfin?« fragte Hanno, nachdem er ebenfalls seiner Freude über das Wohlbefinden der Gräfin Ausdruck gegeben hatte.

»Nein, wir sind im Februar nach Nizza gegangen und haben dort die Blumenfeste mitgemacht. Und nun freuen wir uns auf einige frohe Tage in Ihrer und Lias Gesellschaft. Lothar konnte zuletzt die Zeit kaum noch erwarten.«

Baron Brinkenau hatte bisher mit Hannos Mutter über Ägypten und Nizza gesprochen, das sie kannte. Nun wandte er sich mit lachenden Augen um. »Ja, ich hatte Sehnsucht nach dem deutschen Wald und nach Ihnen, gnädige Frau.«

»Nach mir?« fragte Lia mit schelmischem Lächeln.

Lothar klopfte Hanno auf die Schulter. »Sieh nicht schon wieder so grimmig drein, Hanno. Die kurzen Tage mußt du mir schon den Hauptanteil an der Gesellschaft deiner Frau Gemahlin überlassen. Nicht wahr, gnädigste Frau, zwei so gute Freunde wie wir haben sich nach so langer Trennung sehr viel zu sagen?«

Lia sah ihn lächelnd an. »Sicher, Baron.«

Hanno mußte sich gewaltsam zusammennehmen, um nicht die Fassung zu verlieren. Wenn ihn die Eifersucht nicht verblendet hätte, würde er sich wohl gesagt haben, daß Lothar und Lia sich völlig unbefangen gaben. Aber die Angst um Lia trübte ihm den Blick.

Dazu kam, daß Lia in ihrem Wesen seit den letzten Tagen etwas Unfreies hatte. Hanno kannte sie zu gut, als daß ihm das nicht aufgefallen wäre. Und natürlich schrieb er es Lothars Besuch zu. Er ahnte ja nicht, daß Lia ähnlich beim Gedanken an Gräfin Susanna litt. So blieb Hanno in einem Zustand peinvoller Nervosität, der ihn Tag und Nacht keine Ruhe finden ließ.

Onkel Joachim, der jede freie Stunde in Oberlankwitz verbrachte, fand großes Wohlgefallen an Gräfin Axtheim und dem Baron. Sie mußten ihn auch mit Hanno und Lia einige Male in Niederlankwitz besuchen.

Das Frühjahr war wärmer als sonst, und Hanno mußte oft hinaus auf die Felder, und wenn er dann Lia und Lothar daheim wußte, quälte ihn eine stete Unruhe. Es kam vor, daß er mitten aus der drängendsten Arbeit nach Hause ritt und mit blassem, verstörtem Gesicht in eine harmlos heitere Gesellschaft trat. Dann atmete er wie befreit auf und konnte lustig und übermütig sein wie in früheren Tagen.

Bis Ende April blieben die Geschwister in Lankwitz, dann rüsteten sie zur Heimkehr, um sich zunächst auf die Güter der Gräfin Axtheim zu begeben.

Hanno atmete heimlich auf.

Beim Abschied lud die Gräfin das junge Paar herzlich

und dringend ein, sie in Axtheim zu besuchen.

»Lothar wird mir bis September dort Gesellschaft leisten, dann ist sein Urlaub zu Ende. Ich hoffe, Sie werden uns vorher noch besuchen«, sagte sie.

Lia versprach es unbefangen und ohne Zögern. Hanno kam jedoch die Zustimmung nur schwer über die Lippen. In seinen Augen brannte die Unruhe, als er sah, wie warm und herzlich sich Lia von Lothar verabschiedete. Er schien ihm fast wie ein Feind, der ihm den köstlichsten Besitz bedrohte.

Wieder wartete er in den nächsten Tagen in fieberhafter Unruhe auf das gefürchtete Geständnis von Lias Lippen. Aber es erfolgte nicht.

Inzwischen war der Tag der Bornheimer Doppelhochzeit immer näher gerückt, und jeden Tag konnte dort Gräfin Susanna eintreffen.

Diese Gewißheit fiel Lia schwer aufs Herz. Sie wurde auffallend still und gab sich im Verkehr mit Hanno zurückhaltender als sonst. Zuweilen konnte sie vor sich hinbrüten und schrak auf, wenn man sie ansprach.

Hanno beobachtete das mit Angst und Sorge. Er glaubte, Lia sei traurig über Lothars Abreise. Und obwohl ihm selbst das Herz so weh tat, umgab er sie doch mit rührender Aufmerksamkeit und zarter Fürsorge, so daß sie argwöhnte, er tue das nur, weil er sich nicht anmerken lassen wollte, daß alle seine Gedanken sehnsüchtig Gräfin Susanna entgegenflogen.

So quälten sich die beiden, ohne es zu wissen und zu wollen, weil sie nicht das erlösende Wort sprechen konnten, das sie von aller Not und Qual befreit hätte.

Zum Glück gab es für sie beide alle Hände voll zu tun, so daß sie sich wenigstens von ihren quälenden Gedanken ablenken konnten.

Eines Tages brachte Onkel Joachim die Kunde mit, daß in Bornheim als die ersten Hochzeitsgäste Graf und Gräfin Korff eingetroffen seien.

»Graf Korff sieht sehr schlecht aus, er ist gereizter denn je und klagt, daß er leberleidend sei. Seine junge Frau sprüht aber, wie gewöhnlich, von Lebenslust und läßt euch alle herzlich grüßen. Sie hofft, euch schon heute nachmittag einen Besuch machen zu können. Wenn der Graf sie nicht begleiten will – er schien keine Lust dazu zu haben –, will sie allein kommen. Sie erklärte mir, daß sie neugierig sei, Lia als glückliche Gattin und Hausfrau wiederzusehen.«

So berichtete der alte Herr, ganz ahnungslos, welche Gefühle seine Botschaft in Hannos und Lias Herzen erweckten.

Zu Lias heimlichem Erstaunen erklärte Hanno dann bei Tisch, daß er am Nachmittag in Schwarzenfels zu tun habe und erst am Abend zurück sein würde. Vorher hatte er von diesem Vorhaben nichts gesagt, und Lia wußte auch, daß nichts Wichtiges vorlag.

Sie grübelte darüber nach. Fühlte sich Hanno nicht stark genug, die heimlich geliebte Frau zum erstenmal nach der langen Trennung in ihrer Gegenwart wiederzusehen, und wollte er deshalb der Begegnung auszuweichen? Sie brachte es nicht über sich, ihn an den geplanten Besuch der Gräfin Susanna zu erinnern. Auch ihre Schwiegermutter sagte nichts. Sie lächelte nur befriedigt vor sich hin.

Lia mußte daran denken, was Frau Alice damals in Niederlankwitz zu ihr gesagt hatte, als die Gräfin mit den Schwestern Bornheim dorthin gekommen war. Das hatte darauf hingedeutet, daß sie von Hannos Beziehungen zu Gräfin Susanna mindestens eine Ahnung hatte.

Auch Frau Alice mußte an jene Szene denken, und es reute und schmerzte sie jetzt, daß sie so kränkende Worte zu Lia gesprochen hatte. Sie hätte das gern wieder gutgemacht.

Als Lia sie dann gleich nach Tisch, sobald Hanno fortgefahren war, mit töchterlicher Fürsorge in ihren kleinen Salon geleitete, wo sie jetzt in einem Lehnsessel ihr Mittagschläfchen zu halten pflegte, sagte sie, während Lia sie sorglich in eine warme Decke hüllte:

»Weißt du, Kind, daß du an Hanno wahrhaftig ein Wunder vollbracht hast, wie an mir auch? Er, der früher wie ein Schmetterling von Blume zu Blume flatterte, hat jetzt nur noch Augen für dich allein.«

Lia zwang ein müdes Lächeln auf ihr Gesicht. Ohne auf die Worte ihrer Schwiegermutter einzugehen, küßte sie dieselbe.

»Nun schlaf gut, Mama!« sagte sie nur herzlich und ging hinaus.

XI

Am Nachmittag traf richtig Gräfin Susanna ein – allein. Ihre Augen suchten Hanno, während sie Lia mit betonter Herzlichkeit umarmte.

»Wie freue ich mich, dich wiederzusehen, meine liebe Lia. Wie begierig war ich, mich zu überzeugen, daß du in deiner Ehe sehr glücklich geworden bist«, sagte die Gräfin hastig. Und dann sah sie in Lias starres, blasses Gesicht. Es blitzte in ihren Augen auf. Nein, glücklich sah Lia nicht aus.

»Bitte, nimm Platz, Susanna!« sagte Lia, sich mühsam zur Ruhe zwingend.

Die Gräfin setzte sich. »Dein Mann ist doch zu Hause, Lia? Ich freue mich, auch ihn begrüßen zu können. Weißt du, daß wir seine Gesellschaft diesen Winter sehr vermißt haben?«

»Das glaube ich wohl. Übrigens ist er nicht zu Hause; er mußte in Geschäften nach Schwarzenfels und kommt erst am Abend zurück. Aber Mama wird gleich hier sein, um dich zu begrüßen.«

Susannas Lächeln schwand. Nur mühsam verbarg sie ihre Enttäuschung. »Oh, das tut mir leid, daß ich deinen Mann nicht begrüßen kann. Hatte euch Onkel Joachim nicht gesagt, daß ich heute nachmittag kommen würde?«

»Gewiß, er hat es ausgerichtet«, erwiderte Lia kühl.

»Die Gräfin spielte nervös mit ihren Ringen. Lia ist fast noch langweiliger geworden, dachte sie. Und laut fuhr sie fort: »Ich freue mich sehr auf die vor uns liegenden Wochen. Für morgen soll ich euch im Namen der Bornheims zum Tee hinüberbitten. Es wird lebhaft werden, denn die meisten Hochzeitsgäste treffen heute abend ein. Ich darf doch bestellen, daß ihr kommt?«

Lia neigte das Haupt. »Gewiß, Susanna. Ich denke, daß mein Mann sich frei machen kann. Ich komme jedenfalls, denn ich habe es Molly und Dolly schon versprochen.«

»Die beiden sind von ihrer Hochzeit völlig in Anspruch genommen, und es ist nicht viel mit ihnen anzufangen. Um so mehr werde ich mich an dich anschließen, liebste Lia. Wir wollen doch recht viel zusammen sein.«

Ernst und kühl sah Lia in das schöne, lächelnde Frauenantlitz, aus dem die dunklen Flammenaugen so leidenschaftlich blickten. Und ihr Herz schlug schwer. »Leider bin ich stark in Anspruch genommen, Susanna. Ich habe sehr wenig freie Zeit.«

»Aber mein Gott, du bist doch Herrin hier im Haus und kannst frei über deine Zeit verfügen.«

»Soweit sie nicht von meinen Pflichten in Anspruch genommen ist.«

Gräfin Susanna hob in komischem Entsetzen die Hände.

»Lia, ich glaube wirklich, du bist als Frau noch viel vortrefflicher geworden als in deiner Mädchenzeit. Pflichten! Solch ein Wort sollte eine hübsche, junge Frau gar nicht in den Mund nehmen. Und zu einem Plauderstündchen mit mir wirst du doch sicher noch Zeit finden. Da lasse ich keine Abwehr gelten. Ich bleibe mit meinem Mann einige Monate in Bornheim, und du kannst sicher sein, daß ich dich oft besuchen werde, um dich deinen leidigen Pflichten abwendig zu machen.«

Lia hatte ein Gefühl, als würden ihr die Hände gebunden. »Wie geht es deinem Gatten?« fragte sie hastig, um ein anderes Thema aufzubringen.

Gräfin Susanna zuckte die Achseln mit gelangweiltem Gesicht. »Er macht sich und mir das Leben schwer mit eingebildeten Krankheiten, und seine Launen sind immer schwerer zu ertragen«, sagte sie seufzend.

Es stieg ein seltsames Gefühl in Lia auf. Wie lieblos Susanna von ihm sprach! All ihr Sinnen und Denken war wohl auf Hanno gerichtet. Lia wußte nicht, ob sie die Gräfin verachten oder bemitleiden sollte. Gerecht konnte sie dieser Frau gegenüber nicht sein, aber sie vermochte auch nicht, unbedingt den Stab über sie zu brechen. Nur ein Frösteln war in ihr.

»Es tut mir leid«, erwiderte sie förmlich.

Gräfin Susanna sah in Lias lebloses Gesicht.

Nein, an der Seite einer so langweiligen Person konnte Hanno unmöglich glücklich sein! Die Langweile mußte ihn ja töten. Warum war er nur nicht daheim? Er wußte doch, daß sie kommen wollte. Fürchtete er sich vor dem Wiedersehen unter den kritischen Augen seiner Frau?

Um das Gespräch nicht einschlafen zu lassen, fragte sie: »Wie hat es dir in Ägypten gefallen, Lia? Man hat so gar nichts von euch gehört. Nicht einmal die üblichen Ansichtskarten habt ihr geschrieben.«

»Nein, das haben wir allerdings nicht getan. Es war sehr schön.«

»Ihr seid natürlich in Kairo gewesen?«

»Auch, aber hauptsächlich in Heluan.«

»Davon habe ich schon so viel gehört. Ich möchte auch sehr gern einmal an den Nil. Aber mein Mann ist zu bequem, er behauptet, die Reise sei ihm zu anstrengend. Es ist ein wundervolles Leben dort, nicht wahr?«

»O ja, sehr interessant.«

Die Gräfin lachte. Es klang ein wenig nervös. »Das klingt so lau, wenn man bedenkt, daß du von deiner Hochzeitsreise sprichst und einen so galanten und amüsanten Gatten hast, in dessen Gesellschaft dir alles noch viel rosiger erscheinen mußte.«

Lias Gesicht wurde noch starrer und abweisender. »Ich sagte dir ja, es war sehr interessant, die Gesellschaft international und elegant, wenn auch nicht unbedingt exklusiv.«

»Ja, ja, ein paar schwarze Schafe sind überall darunter. Das muß man auf solchen Reisen mit in den Kauf nehmen. Es ist auch ganz amüsant, wenn man sich hier und da ein bißchen sittlich entrüsten kann. Habt ihr euch an jemand näher angeschlossen?«

Lia war dies Ausforschen fast unerträglich. »Ja, wir trafen in Heluan einen Freund meines Mannes mit seiner Schwester. Da fällt mir übrigens ein, die Geschwister sind mit euch verwandt. Baron Brinkenau und Gräfin Axtheim.«

In Gräfin Susannas konventionelles Gesicht kam Leben. »Ah – Lothar Brinkenau und seine Schwester. Das ist mir sehr interessant. Käthe Axtheim ist eine immens reiche Witwe. Ihr wart aber wohl nicht viel mit ihnen zusammen?«

»Doch, fast täglich. Käthe und ich haben uns innig befreundet; sie und ihr Bruder haben uns Ostern auf vierzehn Tage besucht. Sie sind erst vor einigen Tagen abgereist.«

Gräfin Susanna machte erstaunte Augen. »Ah, darauf kannst du dir etwas einbilden. Käthe ist sonst sehr zurückhaltend. Ich verstehe mich gar nicht mit ihr, wir beide können miteinander nicht warm werden. Und ihr so ostentativ zur Schau getragener Witwenschmerz ist mir auf die Nerven gefallen.«

Lia hob den Kopf. »Käthe hat ihren Mann wohl sehr geliebt. Ich finde, sie ist eine wundervolle Frau.«

Gezwungen und ein wenig gereizt lachte die Gräfin auf. »Über Geschmack läßt sich nicht streiten, liebste Lia. Ihr seid euch vielleicht sympathisch. Mir gefällt Lothar bedeutend besser. Er ist ein reizender Mensch.«

»Da stimme ich zu, das ist auch meine Ansicht.«

»Das freut mich. In seiner Gesellschaft kann man auch Käthe mitpassieren lassen. Lothar war ja mit deinem Gatten im vorletzten Winter fast täglich unser Gast. Das war eine schöne Zeit. Ich habe die beiden diesen letzten Winter sehr vermißt, das kannst du mir glauben.«

»Gewiß. Baron Brinkenau sprach auch von euch.«

»Hoffentlich Angenehmes?« fragte die Gräfin kokett lächelnd.

Lias Gesicht blieb ernst. »Er nannte dich eine charmante Frau.«

»Und dein Gatte hat dem hoffentlich nicht widersprochen?«

Fast hätte Lia eine sehr schroffe Antwort gegeben, aber zum Glück trat jetzt ihre Schwiegermutter ein und begrüßte die Gräfin höflich und artig, aber nicht so auffallend liebenswürdig wie damals in Niederlankwitz.

Lange verweilte Gräfin Susanna nun nicht mehr. Da Hanno nicht zugegen war, erschien ihr dieser Besuch als verfehlt. Sie fieberte danach, ihn wiederzusehen.

Vergeblich hatte sie den ganzen Winter gewartet, daß Hanno einmal nach Berlin kommen sollte, und sie hatte sich unruhig gefragt, ob er nicht hatte kommen können oder wollen. Sie war ihrer Sache doch nicht so unbedingt sicher.

Die Männer sind alle unbeständig, dachte sie seufzend, als sie nach Bornheim zurückfuhr.

Lia sah der Gräfin mit großen, starren Augen nach, und ihr Herz war so schwer, als ob es brechen müßte.

Als Hanno am Abend von Schwarzenfels zurückkam, fand er seine Mutter mit Lia im gemeinsamen Wohnzimmer, beide mit einer Näherei beschäftigt. Nicht mit einer jener nutzlosen Handarbeiten, mit denen unbeschäftigte Frauen so viele kostbare Zeit verschwenden, sondern mit einer sehr prosaischen, aber nützlichen Beschäftigung: sie stickten Buchstaben in neue Handtücher, die Lia angeschafft hatte.

Und Frau Alice saß mit einem so zufriedenen Gesicht bei dieser nüchternen Arbeit, als habe sie in ihrem

Leben nie etwas anderes getan. Sie hatte ihre schmalen, feinen Hände nicht wie sonst mit Brillanten geschmückt und trug auch keine jener eleganten Toiletten, die man sonst an ihr gewohnt war, sondern einen einfachen dunklen Rock mit weißer Leinenbluse.

Erst kürzlich hatte sie Lia lächelnd erklärt: »Es ist erstaunlich, was man an Garderobe spart, wenn man im Haus so praktische Sachen trägt. Ich glaube wahrhaftig, ich mache nächstens noch Ersparnisse an meinem Nadelgeld.«

Hanno blieb einen Moment aufatmend auf der Schwelle des Wohnzimmers stehen. Es war ein so liebes, friedliches Bild, das sich ihm bot, die beiden Frauen einträchtig bei der emsigen Arbeit. Die letzten Strahlen der untergehenden Sonne glänzten über die beiden gesenkten Frauenköpfe und huschten über den schönen alten Perserteppich zu seinen Füßen.

»Guten Abend, Lia! Guten Abend, Mama!«

Die beiden Damen wandten sich nach ihm um und erwiderten lächelnd seinen Gruß.

Er trat zu ihnen heran. »So fleißig noch?«

»Ja, Hanno, wir wollten noch bis zum Abendessen fertig werden. Sieh nur, was wir geschafft haben in zwei Stunden, seit Gräfin Korff uns verlassen hat«, erwiderte seine Mutter, stolz auf den Stapel Handtücher deutend.

Lia sah nur flüchtig zu ihm auf. Sein Gesicht erschien ihr ein wenig schmal, wenn auch gesund und sonnengebräunt. Wie sie dieses Gesicht liebte, in dem sich die Züge jetzt so männlich gefestigt und vertieft hatten. Und wie ernst Hannos Augen jetzt oft blickten, als liege ein stiller Schmerz auf dem Grunde derselben. Selten brach sich noch der alte frohe Übermut bei ihm Bahn, der sonst sein Wesen gekennzeichnet hatte.

Es war natürlich, daß Lia diese Veränderung auf Hannos Liebe zu Gräfin Susanna zurückführte. Sie mußte sein ganzes Wesen gewandelt haben, und es mußte ein tiefes, starkes Gefühl sein, das eine solche Änderung hervorrufen konnte.

Wie Lia die Gräfin im stillen um dieses Gefühl beneidete!

Heute war der eifersüchtige Schmerz wie ein verheerender Sturm über sie dahingebraust, und sie hätte am liebsten die Gräfin mit harten Worten aus dem Haus gewiesen. Es hatte sie fast übermenschliche Kraft gekostet, ein ruhiges Gesicht zu zeigen und ihre Haltung zu wahren. Auch jetzt wieder, als Hanno an ihre Seite trat, empfand sie diesen heißen, bitteren Schmerz von neuem, und die Gewißheit, daß sie auf einem verlorenen Posten stand, legte sich schwer und lastend auf ihre Seele.

»Darf ich mich ein Weilchen zu euch setzen?« fragte Hanno.

Lia neigte nur zustimmend den Kopf, während seine Mutter zur Seite rückte, um ihm neben Lia Platz zu machen.

Er zog sich einen Sessel herbei und blickte lächelnd auf seine fleißig stichelnde Mutter.

»Wie eifrig Mama bei der Arbeit ist, Lia! Bist du nicht stolz auf deine Erziehungsresultate? Gelt, Mama, Lia hat uns zur Arbeit erzogen?«

»Ja, sie hat es getan, und sie darf gewiß stolz sein auf den Erfolg.«

Mit einem matten Lächeln sah Lia auf. »Stolz bin ich nicht, aber sehr froh, daß es mir gelungen ist, euch den Segen der Arbeit zu erschließen. Ich meine, wenn man seinen guten Teil befriedigender Arbeit hat, kann man nie ganz unglücklich werden. Arbeit ist eine wunderbare Trösterin.«

Hanno beugte sich vor und sah Lia forschend an. »Das klingt fast, als hättest du es schon erprobt, Lia.«

Es sollte scherzend klingen, kam aber ernst und schwer über seine Lippen. Einen Moment sah Lia auf, in seine Augen hinein. Und er erschrak vor dem wehen, schmerzlichen Ausdruck, der in ihrem Blick lag.

»Ich kann es mir wohl denken«, sagte sie hastig und stichelte weiter.

Er ließ seine Augen nicht von ihrem Antlitz. Der heiße, drängende Wunsch war in ihm, sie vor jedem Schmerz zu behüten, selbst auf Kosten seines eigenen Glücks. Fast schien es ihm wichtiger, daß sie glücklich sein möge, als daß er selbst glücklich war.

Hannos Mutter ließ ihre Arbeit sinken und sah nachdenklich auf das junge Paar. Und dann sagte sie plötzlich: »Es ist doch ganz seltsam, Kinder, daß ich euch noch niemals zusammen zärtlich gesehen habe. Ich mag es zwar nicht leiden, wenn junge Ehepaare vor anderen Menschen sich ohne Zwang gehen lassen. Aber vor mir braucht ihr euch doch nicht zu genieren.«

Lia wurde dunkelrot und senkte den Kopf tief herab auf ihre Näherei. So sah sie nicht den sehnsüchtig schmerzlichen Blick in Hannos Augen. Aber auch er gab der Mutter keine Antwort.

Da kam ihr mit einem Mal das bestimmte Gefühl, daß zwischen den beiden jungen Leuten etwas nicht stimmte, und daß sie mit ihren Worten an einen wunden Punkt gerührt haben mußte. Und es fielen ihr mancherlei Kleinigkeiten ein, die sie beobachtet hatte und die ihr nun zu denken gaben.

Lia stichelte so eifrig weiter an ihrer Arbeit, als hänge

das Wohl und Wehe der ganzen Welt davon ab. Dann legte sie eilig das letzte Tuch zusammen und erhob sich schnell.

»So, jetzt sind wir fertig. Ich muß schnell noch einmal nach der Küche sehen.«

Das stieß sie hastig hervor und eilte aus dem Zimmer. Sie fürchtete, die Fassung zu verlieren.

Die Mutter sah ihren Sohn forschend an. »Hanno, was ist mit Lia?« fragte sie unruhig.

Er sprang auf und atmete tief und schwer. »Frag nicht, Mama, und rühre nicht mehr daran! Verzeih, ich habe noch etwas zu erledigen, bei Tisch sehen wir uns wieder.«

Damit ging auch er hinaus.

Am nächsten Vormittag traf Onkel Theo mit Familie ein. Der Kriegsgerichtsrat war ein wenig angenehmer Herr, von seiner vermeintlichen Würde tief durchdrungen. Alles, was er sagte und tat, schien von der größten Wichtigkeit zu sein, und man durfte nichts übersehen und überhören, wenn man nicht seinen höchsten Unwillen erregen wollte. Seine Frau war eine ziemlich unscheinbar aussehende Dame, und die drei Töchter verbargen ihre Reizlosigkeit hinter einem ungemein hochmütigen und gezierten Wesen. Angenehme Hausgenossen waren also diese fünf Personen keinesfalls, und Herr von Bornheim, der sie vom Bahnhof abgeholt und nach Oberlankwitz begleitet hatte, machte ein Gesicht als bitte er tausendmal um Entschuldigung, daß er seinen Nachbarn solche Unbequemlichkeiten machen mußte.

Ehe er sich verabschiedete, bat er Hanno und seine Damen nochmals, am Nachmittag zum Tee hinüberzukommen.

Hanno sagte nur ungern zu, denn nun ließ sich das Wiedersehen mit Gräfin Susanna nicht länger hinausschieben. Aber einmal mußte es ja doch sein.

»Meine Frau und ich kommen aber zu Pferde, Herr von Bornheim, also nicht im Besuchsdreß, weil wir vorher einen Inspizierungsritt durch unsere neuen Schonungen machen wollen und auch in der Meierei nach dem Rechten sehen müssen«, sagte er, um gleich anzudeuten, daß es sich nur um einen kurzen Besuch handeln sollte.

Herr von Bornheim klopfte ihm lächelnd auf die Schulter. »Selbstverständlich sind Sie uns willkommen, so, wie Sie sich einfinden. Wir sind ja auf dem Land und machen keine Umstände. Also auf Wiedersehen!«

Damit verabschiedete sich Herr von Bornheim und überließ seine Verwandten ihren freundlichen Wirten.

Hanno und seine Damen widmeten sich nun nach Kräften ihren Gästen.

Der Kriegsgerichtsrat ließ eine seiner langen nichtssagenden Reden vom Stapel, während seine Damen wie auf Kohlen saßen, weil sie in Sorge waren, wie die neuen Hochzeitstoiletten die Reise überstanden hatten. Sie waren von dem brennenden Wunsch beseelt, sie auspacken zu dürfen, wagten aber nicht, den gestrengen Hausherrn zu unterbrechen, bis dieser endlich selbst den Wunsch aussprach, sich zurückziehen zu dürfen, um etwas zu ruhen.

Hanno lachte auf, als sie verschwunden waren samt ihrem Gatten und Vater. »Es gibt doch seltsame Musterexemplare von Menschen!«

Seine Mutter zuckte die Achseln. »Ich habe es euch ja gleich gesagt. Unangenehmere Gäste hätten Bornheims uns nicht schicken können.«

»Wir werden ja nicht viel von ihnen zu sehen bekommen, Mama; sie werden mehr in Bornheim sein als bei uns«, tröstete Lia mit einem etwas schuldbewußten Gefühl.

Kurz vor Tisch wurde Onkel Theo mit seiner Familie nach Bornheim geholt, und am Nachmittag, gerade als Hanno und Lia ihre Pferde besteigen wollten, fuhr Onkel Joachim vor, um Frau Alice abzuholen.

Er stieg langsam und schwerfällig aus dem Wagen, und Lia fiel es auf, daß er gar nicht so frisch und wohl aussah wie sonst.

»Onkel Joachim, fühlst du dich auch wohl?« fragte sie besorgt.

»Gewiß, mein Kind, nur – weißt du, man merkt doch, daß man nicht mehr zu den Jüngsten gehört. Ich fühle mich ein bißchen matt. Aber das kommt vom Frühling.«

Lia sah ihn unruhig forschend an. »Onkelchen, du bist doch nicht leichtsinnig? Ruhst du auch jeden Tag nach Tisch deine vollen zwei Stunden, wie es dir der Arzt verordnet hat?«

Der alte Herr lachte unsicher. »Na, das ist so 'ne Sache, Kind, manchmal vergesse ich's.«

»Das sollst du aber nicht, Onkel!«

Der alte Herr sah Hanno lächelnd an. »Siehst du wohl, mein Junge, jetzt bin ich der Leichtfuß in der Familie. Aber nun laßt euch nicht länger aufhalten, sonst kommt ihr zu spät nach Bornheim. Und ihr habt euch ein bißchen Vergnügen redlich verdient. Ich habe meine Freude an deinen Feldern, Hanno!«

Hannos Augen leuchteten auf. »Ich will mich doch nicht lumpen lassen, Onkel Joachim, und Lia soll mir nicht umsonst gezeigt haben, wie man ein nützlicher Mensch wird.«

»Bravo, mein Junge! Also auf Wiedersehen, Kinder!«

Galant half er Frau Alice in den Wagen und fuhr mit ihr davon.

Hanno und Lia schlugen einen anderen Weg ein. Sie ritten erst eine ganze Weile still nebeneinander. Lias Gesicht war blaß, und ihre Lippen waren wie im Schmerz zusammengepreßt. Sie fürchtete sich vor den nächsten Stunden. Hanno und Gräfin Susanna zusammen sehen zu müssen, würde ihr ein Qual sein.

Auch Hanno war mit seinen Gedanken bei dem gefürchteten Wiedersehen mit Susanna. Er war fest entschlossen, um jeden Preis ein Ende zu machen; er wollte nicht länger diese unwürdige Komödie spielen, die ihn selbst erniedrigte.

Endlich wurde ihm das Schweigen zu drückend.

Er sah Lia an und sagte, sich aufraffend: »Du bist so still, Lia, und mir scheint, ein wenig blaß. Fühlst du dich nicht wohl?«

Sie schrak empor, und die Blässe auf ihren Wangen wich einem jähen Rot. »Doch, ich bin wohl. Nur mache ich mir Sorge um Onkel Joachim. Er sieht nicht gut aus, und ich weiß, er schont sich nicht, wie er soll.«

»Ich glaube, du sorgst dich unnötig. Mir ist nichts an ihm aufgefallen.«

»Du kennst ihn nicht so wie ich. Er läßt sich so leicht nichts anmerken. Aber er gefällt mir schon seit mehreren Tagen nicht, und ich bin in Sorge um ihn.«

Er sah sie forschend an.

Ob sie vielleicht nur deshalb in letzter Zeit so still und bedrückt war? Vielleicht hatte er sich doch darin getäuscht, daß er ihr stilles Wesen mit Lothar Brinkenau in Zusammenhang brachte.

Er atmete tief auf.

Ach, daß er ihr hätte sagen dürfen, was ihm das Herz bedrückte!

In Bornheim angekommen, fanden Lia und Hanno die ganze Gesellschaft im warmen Frühlingssonnenschein auf der Terrasse. Der Tee war nur ein Vorwand gewesen für eine riesige Maibowle, die Herr von Bornheim angesetzt hatte, so daß alles in angeregtester Stimmung war. Neben der Terrassenbalustrade in der Nähe der Treppe, die von dem großen Rasenplatz aufwärts führte, hielt Gräfin Susanna Hof. Sie war von einer Anzahl Herren umgeben, die ihr eifrig huldigten. Sie hatte vielleicht niemals schöner ausgesehen als heute in einer duftigen, weißen Stickereitoilette mit einer breiten, römischen Seidenschärpe. Ihre Augen flogen immer wieder in sehnsüchtiger Erwartung zum Park hinüber, und ihre Lippen brannten blutrot in dem erregten Gesicht.

Graf Korff lehnte nicht weit entfernt in einem Korbsessel und rauchte mißmutig und verdrießlich eine Zigarette. Der Hofstaat seiner Frau gefiel ihm nicht.

Aber als er jetzt sah, daß seine Gattin sich hastig emporrichtete und mit aufleuchtenden Augen nach dem Park hinüberschaute, wandte auch er den Kopf und folgte der Richtung ihrer Blicke.

Und als er nun da drüben Hanno von Lankwitz an der Seite seiner jungen Frau erblickte, legte sich ein spöttisches Lächeln um seine Mundwinkel.

Er erhob sich und folgte langsam seiner Frau, die sich hastig aus dem Kreis ihrer Verehrer löste und an die Treppe trat, um Lia zu begrüßen.

Die Gräfin umarmte Lia mit großer, zur Schau getragener Herzlichkeit, dann wandte sie sich an Hanno. Ihre Augen flammten einen Moment in die seinen, aber dann zwang sie sich zu einem konventionellen Lächeln.

»Sieht man Sie auch einmal wieder, Herr von Lankwitz? Ungalanterweise waren Sie gestern nicht daheim, als ich Ihre Frau Gemahlin besuchte.«

Lia wurde inzwischen von anderer Seite in Anspruch genommen.

Hanno küßte der Gräfin ganz formell die Hand. »Es hat mir leid getan, gnädigste Gräfin; allein ich hatte unaufschiebbare Geschäfte in Schwarzenfels.«

»Oh, die leidigen Geschäfte!« scherzte sie.

Im selben Augenblick trat ihr Mann heran und begrüßte Hanno in kühl herablassender Weise, die aber bei seinem mürrischen Wesen nicht weiter auffiel, und Hannos Mutter wandte sich mit einer Frage an Gräfin Susanna, wobei sie die Gräfin scheinbar absichtslos von ihm fort zur anderen Seite der Terrasse führte.

Aber Gräfin Susanna wußte es bald genug so einzurichten, daß sie wieder in Hannos Nähe kam, obgleich er ihr offensichtlich auswich.

Lia beobachtete die beiden scharf und erklärte sich Hannos maßvolles Wesen aus dem Bestreben, die Gräfin um keinen Preis zu kompromitieren.

Als es kühler auf der Terrasse wurde, zog sich ein großer Teil der Gesellschaft in die Gartenzimmer zurück, deren Fenster fast sämtlich nach der Terrasse hinaus lagen. Es bildeten sich Gruppen in den einzelnen Räumen, die lebhaft miteinander von dem bevorstehenden Fest plauderten. Einige Herren blieben draußen auf der Terrasse, darunter auch Graf Korff und der Kriegsgerichtsrat, um zu rauchen und die Bowle vollends zu leeren.

Hanno stand einen Augenblick allein in einer Fensternische. Diesen Umstand benutzte Gräfin Susanna, um unauffällig an ihn heranzutreten.

»Ich muß dich sprechen, heute noch!« flüsterte sie ihm zu. Sie war in höchster Erregung, weil sie wohl fühlte, daß er ihr auswich.

Er sah sich hastig um und blickte in ihre Augen. Einen Moment zögerte er.

»Wie ist das möglich?« erwiderte er leise.

»In zehn Minuten werde ich im Wintergarten sein und dich erwarten. Dort sind wir jetzt ungestört.«

Er neigte flüchtig das Haupt zum Zeichen des Einverständnisses. Auch er sehnte eine Klärung herbei, da er sah, wie erregt die Gräfin war.

Lia hatte im Nebenzimmer im Gespräch mit Dolly und ihrem Verlobten gestanden. Von ihrem Platz aus konnte sie Hanno in der Fensternische stehen sehen und beobachtete auch die Szene zwischen ihm und Susanna, ohne hören zu können, was die beiden sprachen. Sie sah, wie Susanna wieder von Hanno zurücktrat und daß er verstohlen nach seiner Uhr blickte. So schmal und schmerzverzogen erschien ihr sein Gesicht. Ach, wie sie ihn liebte, trotz allem, wie sie litt unter dem Bewußtsein, daß sein Herz einer anderen gehörte. Sollte denn diese Qual nie ein Ende nehmen, sollte ihr törichtes Herz nie zur Ruhe kommen?

Bei alledem quälte sie noch eine unbestimmte Angst, denn sie hatte wohl bemerkt, daß Graf Korff mißtrauisch Hanno und Susanna beobachtet hatte, als sie vorhin draußen auf der Terrasse nebeneinander standen.

Lia war es, als liege ein Unglück in der Luft. Sie sah, wie die Gräfin sich unauffällig immer weiter von der Gesellschaft entfernte und dann am Ende der langen Zimmerflucht den Wintergarten betrat.

Ihr Herz schlug laut und ängstlich, ohne daß sie wußte, warum. Ihre Augen suchten Hanno und folgten ihm wie unter einem Zwang, während sie scheinbar angeregt mit einigen Damen plauderte. Einmal sah Hanno auch zu ihr herüber, aber da gab sie sich den Anschein, ihn nicht zu beachten.

Und dann merkte sie, wie er von einer Gruppe zur anderen ging, hier und da einige Worte tauschte, bis schließlich auch er wenige Minuten später durch das letzte leere Zimmer im Wintergarten verschwand.

Lia klopfte das Herz in wilden Schlägen. Wie unvorsichtig von den beiden! Wenn man ihnen folgte und sie überraschte! Konnte nicht Graf Korff selbst auf den Gedanken kommen, seine Frau zu suchen?

Lia zitterte bei dem Gedanken und schloß einen Augenblick die Augen.

Dann raffte sie sich auf und schritt schnell in der Richtung des Wintergartens davon. Wenn es in ihrer Macht stand, dann wollte sie einen Eklat zu verhüten suchen.

So erreichte sie die Tür des Wintergartens, blieb einen Moment zögernd stehen und überflog den Raum rasch mit ihren Blicken, ohne eins der beiden zu sehen.

Daß der Wintergarten keinen anderen Ausgang hatte, wußte sie. So konnten also die beiden nur in der kleinen, den Wintergarten abschließenden Tropfsteingrotte sein.

Klopfenden Herzens trat sie hinter eine Pflanzengruppe neben dem Eingang zum Wintergarten, gleichsam als Schildwache, um Hanno und Susanna vor einer Überraschung zu schützen; nur das bestimmte ihr Handeln.

Graf Korff hatte draußen auf der Terrasse am offenen Fenster gesessen, und dieses Fenster ließ zufällig den Blick auf den Eingang des Wintergartens frei, so daß er diesen überblicken konnte, ohne von drinnen selbst gesehen zu werden.

Als er seine Frau und kurz nach ihr Hanno im Wintergarten verschwinden sah, flimmerte es in seinen sonst so glanzlosen Augen seltsam auf. Er warf die Zigarette in eine Aschenschale, erhob sich aus seinem Sessel und schritt, scheinbar nachlässig, über die Terrasse der Tür zu, die in die Zimmer führte, in denen sich die Gesellschaft aufhielt.

So entging es ihm, daß bald darauf auch Lia den Wintergarten betrat.

Er durchkreuzte die Zimmer in der Richtung auf den Wintergarten zu. Lia sah ihn kommen, und sie bemerkte das böse, rachsüchtige Flimmern in seinen Augen. Das Herz drohte ihr stillzustehen, als er leise und vorsichtig das leere Zimmer neben dem Wintergarten betrat. Wenn Graf Korff seine Frau mit Hanno hier im Tête-à-tête überraschte, war ein Duell unausbleiblich.

Wie ein Blitz durchfuhr Lia diese Gewißheit, und alles andere trat in ihren Gedanken hinter der Angst um Hanno zurück.

Hastig und vorsichtig jedes Geräusch vermeidend, um dem Grafen nicht aufzufallen, eilte sie auf die Tropfsteingrotte zu. Sie wußte, was allein eine Katastrophe verhüten konnte. Und sie zögerte nicht eine Sekunde, zu tun, was ihr die angstvolle Liebe ihres Herzens eingab.

XII

Gräfin Susanna hatte in fieberhafter Erregung die Tropfsteingrotte aufgesucht und auf Hanno gewartet. Als er endlich, viel zu spät für ihre nervöse Ungeduld, eintrat, atmete sie tief auf.

»Endlich, Hanno – ach, endlich! Warum bist du nicht diesen Winter ein einziges Mal nach Berlin gekommen? Warum warst du gestern nicht daheim, als ich nach Oberlankwitz kam?«

Die flammenden Augen vorwurfsvoll auf ihn gerichtet, trat sie dicht an ihn heran. Sein Gesicht zuckte vor Erregung, und seine Augen blickten düster.

»Es ging nicht, Susanna, und es darf nicht mehr sein! Nur um Ihnen das zu sagen, kam ich hierher«, sagte er fest.

Wie ein Ruck ging es durch ihre Gestalt. Ihr Antlitz wurde bleich.

»Es darf nicht sein, Hanno?«

Wie in heißer Angst sah sie in seine Augen. Und sie fand nicht darin, was sie suchte.

»Ich bitte, ich beschwöre Sie, Susanna, fassen Sie sich – bedenken Sie –«

Sie starrte ihn an und hob zitternd die Hände.

»Fassen? Bedenken? Hanno!«

Das stieß sie zitternd hervor. Und plötzlich warf sie sich aufschluchzend an seine Brust.

»Was soll ich bedenken? Daß ich dich liebe, nichts weiter kann ich bedenken, Hanno!« rief sie außer sich.

In diesem Augenblick trat Lia hastig ein. Sie sah die beiden vor sich und hörte noch Susannas letzte leidenschaftliche Worte.

Einen Augenblick war es ihr, als versinke alles um sie herum, als müsse sie nach irgendeinem Halt greifen. Dann aber raffte sie sich gewaltsam mit aller Kraft zusammen.

»Gräfin, Ihr Gemahl folgt mir auf dem Fuße!« stieß sie hervor.

Erst jetzt gewahrte Hanno seine Frau. Mit einem halb unterdrückten Ausruf riß er sich von Susanna los und trat auf Lia zu.

»Lia, um Gottes willen!« rief er entsetzt.

Die Gräfin war gleichfalls zusammengezuckt, und wie ein jäher Blitz kam ihr die Erkenntnis, daß Hanno sie nicht mehr liebte, daß er sein Herz seiner Frau zugewandt hatte.

In ihrem rasenden Schmerz alles vergessend, ballte sie die Hände und sprühte Lia haßerfüllt an.

»Du, du! Ich hasse dich. Was willst du hier?« stieß sie außer sich hervor.

Hanno trat dicht an Lia heran, als wollte er sie schützen. Aber sie trat rasch von ihm zurück und antwortete Susanna halblaut: »Eine Katastrophe verhindern, besinnen Sie sich. Ruhe, um Gottes willen Ruhe!«

Und kraftlos sank sie in einen Sessel und zwang die Gräfin durch ihren beschwörenden Blick, sich ebenfalls niederzulassen.

Hanno stand mit blassem Gesicht wie erstarrt zwischen den beiden Frauen. Im nächsten Augenblick erschien leise und schleichend Graf Korff am Eingang der Grotte. Sein mißtrauisches Gesicht bekam einen grenzenlos verblüfften Ausdruck, als er Lia und seine Frau einander gegenübersitzen und Hanno danebenstehen sah. Dabei hörte er, wie Lia scheinbar im unbefangenen Plauderton sagte:

Nein, wirklich, Susanna, mein Mann und ich, wir haben ganz gewiß keine Zeit, solche Aufführungen einzustudieren.«

Woher Lia die Kraft und die Ruhe zu diesen Worten und zu einem konventionellen Lächeln nahm, wußte sie selbst nicht. Sie vermochte es sogar noch, scheinbar jetzt erst Graf Korff erblickend, ihm lächelnd zuzunicken und, seine Aufmerksamkeit von Hanno und Susanna ablenkend, zu sagen:

»Ach, Graf, Sie kommen wie gerufen; Susanna hatte uns hierher gebeten, um mit ihr zusammen eine Hochzeitsüberraschung zu besprechen. Es handelt sich um eine Aufführung, bei der Hanno und ich mitwirken sollten. Aber wir haben keine Zeit, da jetzt im Frühjahr die Arbeit drängt, und nun ist Susanna gekränkt über unsere Absage. Helfen Sie uns, sie zu versöhnen.«

Ihre Stimme klang ihr selbst seltsam fremd, aber Graf Korff merkte es nicht. Er war momentan zu verlegen.

»Oh, meine Frau wird sich auch ohne meinen Zuspruch nicht unversöhnlich zeigen, nicht wahr, Susanna? Ich will natürlich nicht stören. Hm! Ich kam ganz zufällig hierher, wollte ein wenig ruhen. Hm! Ja, indes –«

Hanno riß sich aus seiner Erstarrung zusammen und schob dem Grafen einen Sessel hin. Dieser winkte aber dankend ab.

»Nein, nein, ich danke sehr. Also ich will nicht stören; vielleicht lassen sich die Herrschaften doch noch von meiner Frau bewegen. Also bis nachher, meine verehrten Herrschaften, bis nachher.«

Der Graf hüstelte, verneigte sich mit verlegenem Lächeln und ging davon.

Die drei Zurückgebliebenen verharrten eine Weile

reglos auf ihren Plätzen, bis sie annehmen konnten, daß Graf Korff den Wintergarten verlassen hatte. Dann erhob sich Lia mit zitternden Knien und wollte, ohne ein Wort zu sagen, die Grotte verlassen.

Da trat Hanno mit gequältem Gesicht vor sie hin.

»Lia, ich bitte dich, höre mich an!« bat er, ohne auf die Gräfin zu achten.

Sie hob den Kopf stolz empor und sah ihm mit einem fremden, kalten Blick in die Augen. »Dessen bedarf es nicht. Wie wir zusammen stehen, ist eine Rechtfertigung unnötig und überflüssig«, sagte sie kühl, und ehe er es hindern konnte, schritt sie an ihm vorbei hinaus.

Er wollte ihr folgen. Aber da kam plötzlich Leben in Gräfin Susannas reglose Gestalt.

»Auf ein Wort, Herr von Lankwitz«, sagte sie schneidend.

Da blieb er stehen und sah sie düster an. Es war ja nun doch alles gleichgültig, war doch alles für ihn verloren. »Sie wünschen, Gräfin?« fragte er tonlos und förmlich.

Da lachte sie höhnisch auf, aber die Tränen des Zornes traten ihr dabei in die Augen. »Was ich wünsche?« fragte sie, ihrer selbst kaum noch mächtig. »Ich wünsche, daß Ihnen das Schicksal tausendfältig die Qualen zurückzahlt, die Sie mich erleiden ließen.«

Ein schmerzliches Lächeln spielte um seinen Mund. »Ihr Wunsch wird in Erfüllung gehen; ja, er ist schon in Erfüllung gegangen. Was ich Ihnen je zuleide getan habe und Ihnen noch zuleide tun muß, ist schon abgebüßt und wird noch abgebüßt werden, denn ich liebe meine Frau unendlich, ohne ihre Gegenliebe zu finden. Vielleicht ist Ihnen das eine Genugtuung. Verzeihen Sie mir, daß ich Ihnen Schmerzen zufügen mußte, und suchen Sie mich zu vergessen.«

Sie starrte ihn finster an. Sie hatte aus all seinen Worten nur eins herausgehört: Ich liebe meine Frau! Und das erfüllte sie mit Haß und Zorn. Ohne noch ein Wort zu sagen, verließ sie die Grotte.

Der Wintergarten war leer. Aber im Zimmer neben demselben stand Lia blaß und reglos am Fenster und rang nach Fassung, ehe sie zur Gesellschaft zurückkehrte.

Gräfin Susanna wollte rasch an ihr vorübergehen, aber dann zögerte sie und trat an Lia heran.

»Du erwartest vielleicht, daß ich dir danken soll dafür, daß du eine Katastrophe verhütet hast, aber ich tue es nicht. Meinetwegen hättest du es wirklich nicht nötig gehabt.«

Lia sah mit matten, müden Augen in ihr Gesicht. »Nein, Ihretwegen hätte ich es auch nicht getan. Ich wollte nur einen Skandal verhüten, der den Namen Lankwitz getroffen hätte. Das ist alles. Sie sind mir keinen Dank schuldig.«

Die Gräfin lachte hart auf. »Nein, wahrhaftig nicht, denn du hast mir genommen, was mir gehörte. So, und nun sind wir fertig miteinander.«

Lia neigte das Haupt. »Ja, wir sind fertig miteinander. Nur um Aufsehen zu vermeiden, werden wir in Gegenwart anderer Menschen den bisherigen Verkehrston festhalten, wenn wir uns nicht ausweichen können. Und ich verlange, daß Sie jetzt an meiner Seite zur Gesellschaft zurückkehren.«

Und sie zwang die Gräfin durch ihren Willen, neben ihr herzuschreiten, bis sie sich unter die Gesellschaft mischen und sich trennen konnten.

Graf Korff trat mit einem verlegenen freundlichen Gesicht an seine Gattin heran. »Nun, Susanna, ist es dir gelungen, Herrn und Frau von Lankwitz umzustimmen?«

Sie zuckte die Achseln. »Ach, das sind langweilige Menschen geworden seit ihrer Verheiratung. Es ist nichts mit ihnen anzufangen«, erwiderte sie kurz.

Über des Grafen grämliches Gesicht lief ein befriedigtes Lächeln.

Lia hatte sich an Onkel Joachims Seite geflüchtet, der gerade mit Frau Alice wegen der Heimfahrt verhandelte. »Ich möchte nach Hause fahren, Lia, da ich mich recht müde fühle und doch mit meinen Kräften haushalten muß. Aber ich wünsche nicht, daß deine Frau Schwiegermutter meinetwegen Bornheim vorzeitig verläßt. Also werde ich den Wagen zurückschicken«, sagte er.

Frau Alice schüttelte jedoch energisch den Kopf. »Nein, ich fahre jetzt mit Ihnen, Vetter, wie ich Ihnen schon sagte.«

»Nun also, wenn Sie durchaus in meiner Gesellschaft heimfahren wollen – ich hätte nicht gedacht, daß Ihnen soviel daran liegt«, scherzte er.

Frau Alice lachte. »Ja, das hätte ich auch nicht gedacht. Aber ich fahre jedenfalls mit Ihnen.«

»Wir kommen sicher auch bald nach Hause, Mama«, bemerkte Lia.

Die alte Dame sah sich um.

»Wo steckt denn Hanno?«

»Im Wintergarten. Er wird gleich hier sein.«

»Jedenfalls grüße ihn herzlich von mir, falls ich ihn heute nicht mehr sehen sollte.«

»Das will ich tun, Onkel Joachim.«

Bald darauf fuhren Onkel Joachim und Frau Alice davon.

Hanno von Lankwitz saß wie vernichtet in der Tropfsteingrotte, wo ihn niemand störte.

Es war ihm zweifellos, daß es zu einem Duell zwischen ihm und Graf Korff gekommen wäre, wenn Lia nicht im entscheidenden Moment dazwischengetreten wäre. Aber er konnte keine Erleichterung bei diesem Gedanken empfinden.

Wie Lia hierhergekommen war, und was sie bewogen hatte, ihn und Susanna vor einer Katastrophe zu bewahren, das konnte er nicht ergründen. Aber ihre Ruhe und beispiellose Geistesgegenwart erschien ihm ein neuer Beweis, wie sehr er ihrem Herzen gleichgültig sein mußte. Wenn auch nur ein schwaches Gefühl von Zuneigung in ihrem Herzen für ihn gelebt hätte, dann hätte sie dieser Szene nicht so kühl und gelassen gegenüberstehen können.

Es waren furchtbare Minuten, die er allein in der kleinen Tropfsteingrotte verbrachte. In dieser Stunde fiel die letzte Spur seines Leichtsinns von ihm ab. Und tiefer und gewaltiger, aber auch hoffnungsloser denn je brannte die Liebe zu Lia in seinem Herzen.

Endlich erhob er sich und suchte die Gesellschaft wieder auf. Er sah gerade noch Onkel Joachim und seine Mutter davonfahren. Lia stand mit Frau von Bornheim zusammen, und Gräfin Susanna unterhielt sich forciert lebhaft mit einigen Herren. Weder sie noch Lia schienen ihn zu bemerken.

So gesellte er sich zu den Damen des Kriegsgerichtsrats, die mit gelangweilten Mienen dasaßen und nun sichtlich erfreut waren, daß einer der Herren sich ihnen widmete. Hanno wußte kaum, was er sprach, während seine Augen Lia suchten. Sie stand rank und schlank, zu ihrer vollen Höhe aufgerichtet, in einer lebhaft plaudernden Gruppe. Das knappe Reitkleid umschloß ihre ebenmäßige Gestalt und brachte sie voll zur Geltung; auf dem goldbraunen Haar spielten die Lichtstrahlen in goldenem Schimmer.

Sein Herz klopfte laut und schwer. Wie er sie liebte – er hätte vor ihr niedersinken und um ihre Verzeihung flehen mögen! Während er kaum zuhörte, was die Damen des Kriegsgerichtsrats sprachen, und zerstreut auf ihre vielen Fragen Antwort gab, sah er plötzlich wie durch einen Nebel, daß Lia auf ihn zukam.

»Ich möchte aufbrechen, Hanno«, sagte sie ruhig.

Er erhob sich sofort. »Ich werde die Pferde bringen lassen.«

Dann verabschiedeten sich die beiden von der Gesellschaft, auch von Gräfin Susanna, und nur ein sehr scharfer Beobachter hätte bemerken können, daß es um eine Nuance kühler als sonst geschah.

Als die Pferde vorgeführt waren, hob Hanno seine Frau in den Sattel. Als er noch einmal der Gesellschaft zuwinkte, rief man ihnen Grüße und Scherzworte von der Terrasse aus nach, und Onkel Theo, der schon in etwas weinseliger Stimmung war, hob sein Glas und rief ein lautes: »Auf Wiedersehen in Oberlankwitz!«

Das Paar senkte grüßend die Reitpeitschen, dann bog es in den dunklen Parkweg ein. Das Lächeln auf Lias Antlitz, zu dem sie sich so lange hatte zwingen müssen, war erstorben. Schweigend ritten sie nebeneinander und fanden kein erlösendes Wort.

Immer wieder blickte Hanno nach dem blassen, verschlossenen Gesicht seiner jungen Frau. Er hielt den Ausdruck ihrer Züge für stolze Kälte. Und immer wieder verlor er den Mut zu sprechen.

Dabei fühlte er, daß er Lia noch nie so heiß und

schmerzlich geliebt hatte wie in dieser Stunde. Willig hätte er jedes Opfer gebracht, um ihr Herz zu rühren. Doch das Schweigen wuchs wie eine trennende Mauer zwischen ihnen auf, über die keine Brücke führte.

Aber endlich litt es ihn nicht länger, an diesem eisigen Schweigen drohte er zu ersticken. Über den Hals seines Pferdes hinweg griff er nach ihrer Hand, und wie außer sich stieß er leidenschaftlich hervor:

»Lia, Lia – was mußt du von alledem denken?«

Doch kaum, daß er gesprochen, fühlte er, wie sie ihm ihre Hand, die er krampfhaft festhielt, zu entziehen suchte und ihr Pferd antrieb.

»Laß mich los!« rief sie bebend, in einer unbestimmten Angst.

Aber er hielt sie nur noch fester. »Höre mich erst an, Lia, laß mich erst um Verzeihung bitten«, sagte er erregt.

»Laß mich los!« rief sie noch einmal in einem so schneidenden und befehlenden Tone, daß er ihre Hand freigab. Aber er blieb dicht an ihrer Seite.

Sein Gesicht war fahl geworden, und in flehenden Worten brach es von seinen Lippen: »Verzeih mir, Lia, und hör mich an, ich will dir ganz offen sagen, wie es kam, daß du mich mit Gräfin Susanna in solch einer Situation überraschen konntest.«

Sie fürchtete, daß er ihr von seiner Liebe zur Gräfin sprechen wollte. Das anzuhören war sie außerstande. So unterbrach sie ihn kalt:

»Laß das, ich mag nichts hören, habe auch nichts zu verzeihen. Das alles ist ja einzig deine Angelegenheit, und es ist ganz ohne Interesse für mich, wie du zu der Gräfin stehst.«

Ihre mühsam erzwungene Kälte traf ihn bis ins Herz. »Und doch tratest du dazwischen, um eine Katastrophe zu verhüten? Darf ich dir nicht wenigstens dafür danken?«

»Es bedarf keines Danks. Ich tat es um Onkel Joachims und des Namens Lankwitz willen! Und nun, bitte, kein Wort mehr!«

Sie setzte ihr Pferd in Galopp, und er folgte ihr, ohne noch ein Wort zu wagen.

Zu Hause angelangt, zog sich Lia in ihre Zimmer zurück. Und erst hier verließ sie die Fassung. Mit dumpfem Stöhnen brach sie in einem Sessel zusammen und barg das blasse, zuckende Gesicht in den Händen.

In den nächsten Tagen vermied Lia jedes Alleinsein mit Hanno. Sie fürchtete, er würde nochmals auf die Szene in der Tropfsteingrotte zurückkommen.

Aber Hanno respektierte ihren so energisch ausgesprochenen Wunsch. Glaubte er doch, daß jedes Wort zwecklos sei.

Fast wie eine Erleichterung empfand es jetzt das junge Paar, daß Onkel Theo mit Familie im Haus war und sie mehr in Anspruch nahmen, als sie vorher geglaubt hatten. Dann folgte das Hochzeitsfest in Bornheim, für beide noch eine harte Probe.

Lia und Gräfin Susanna wichen sich geflissentlich aus, und noch ängstlicher vermied es Hanno, in die Nähe der Gräfin zu kommen. Sie hatte nur einen kühl verächtlichen Blick für ihn, und ließ sich von den Schwarzenfelser Offizieren in fast auffallender Art den Hof machen.

Lia sah es wohl und hielt es für Diplomatie, um den Argwohn des Grafen zu zerstreuen und von Hanno abzulenken. Sie wußte ja nicht, daß die Szene im Wintergarten mit einem vollständigen Bruch zwischen Hanno und der Gräfin geendet hatte.

Außerdem machte sich Lia ernste Sorge um Onkel Joachim, der blaß und matt wie in den Tagen vor seiner schweren Krankheit aussah. Wohl mühte er sich, Lias Angst zu verscheuchen, aber er war doch froh, als die Hochzeitsfeierlichkeiten vorüber waren.

Am nächsten Tage rüstete auch Onkel Theo mit seiner Familie zur Abreise. Sie erklärten einstimmig, daß sie in Oberlankwitz reizend aufgehoben gewesen wären, und ließen ziemlich deutlich durchblicken, daß sie gern länger geblieben wären. Aber man forderte sie nicht dazu auf.

Acht Tage später besuchte Frau von Bornheim Lia und ihre Schwiegermutter, und als die Damen beisammensaßen, kam auch Hanno dazu.

Und da erzählte Frau von Bornheim beiläufig, daß Gräfin Susanna leider nicht, wie sie vorher beabsichtigt hatte, einige Monate in Bornheim bleiben würde, sondern daß sie ihren Gatten nach Wildungen begleiten wolle. Der Graf fühle sich sehr schlecht, und die Gräfin wolle ihn deshalb nicht allein reisen lassen. Der Graf wünsche diesmal auch dringend die Begleitung seiner Frau.

Lia wurde bei dieser Mitteilung zumute, als höbe sich die schwere Last auf ihrer Seele ein wenig. Sie sah scheu zu Hanno hinüber. Der aber starrte mit leeren, glanzlosen Augen vor sich hin. Sein Mund war herb, wie im Schmerz geschlossen.

Ob er inzwischen wohl die Gräfin wieder heimlich getroffen haben mochte, fragte sich Lia. Vielleicht hatte er es schon von ihr gehört, daß sie abreisen mußte, und wohl deshalb zeigte er keinerlei Überraschung bei dieser Nachricht. Nur Gram und Schmerz war in seinen Zügen zu lesen.

Wie gern wäre sie zu ihm getreten und hätte ihm gesagt: »Sprich dich aus, vertraue mir all deine Schmerzen an, ich will dir helfen, sie zu tragen, so gut ich kann.« Aber scheu und stolz ging sie an seinem Schmerz vorüber und hielt den kühlen, gelassenen Ausdruck in ihrem Antlitz fest wie eine Maske, hinter der allein sie sich sicher fühlte.

XII

Der Mai war vergangen, und der Juni hatte mit kalten und regnerischen Tagen eingesetzt. Auf diese unfreundliche Witterung schob es Lia, daß sich Onkel Joachim in den letzten Tagen nicht mehr auf Oberlankwitz hatte sehen lassen.

Aber an einem der nächsten Vormittage kam ein Bote aus Niederlankwitz mit einem Briefchen an Lia von Frau Wesemann.

Lia öffnete es mit einem unbehaglichen Gefühl. Frau Wesemann pflegte sonst nie zu schreiben. Der Brief lautete:

Sehr geehrte gnädige Frau! Unser gnädiger Herr hat sich gestern nachmittag zu Bett legen müssen, und ich glaube, er hat hohes Fieber. Er hat nicht gewollt, daß ich gnädige Frau beunruhige, und meint, es ist nur vorübergehend. Aber mir scheint, es ist just wie damals, als der gnädige Herr so krank wurde. Und wenn er auch schilt, sende ich Ihnen doch lieber Nachricht. Auch habe ich, ohne daß der Herr Baron es weiß, nach dem Arzt geschickt. Ich wäre sehr froh, wenn gnädige Frau einmal nachsehen kommen wollten, weil der gnädige Herr sich sonst nicht im Bett halten läßt. Mit ganz ergebenem Gruß

Frau Anna Wesemann.

Lia erschrak sehr.

»O mein Gott, ich habe es ja geahnt, habe es gefühlt, daß Onkel Joachim nicht wohl war«, sagte sie zu Hannos Mutter. Hanno selbst war nicht daheim, sondern schon seit Stunden auf den Feldern.

Lia schickte den Boten mit der Nachricht zurück, daß sie ihm sogleich folgen werde.

Dann wandte sie sich wieder an ihre Schwiegermutter. »Liebe Mama, ich muß nach Niederlankwitz. Onkel ist ein so widerspenstiger Patient und hört auf niemand als auf mich. Nicht wahr, du sorgst dafür, daß hier alles seinen Gang geht, bis ich wiederkomme. Hoffentlich ist Onkel nicht ernstlich erkrankt. Aber wenn er mich länger braucht, dann bleibe ich am besten bei ihm, solange es nötig ist.«

Frau von Lankwitz streichelte Lias Wangen. »Du siehst ganz blaß aus, Kind! Onkel Joachim ist ja gottlob eine kräftige Natur, und es wird hoffentlich nicht so schlimm werden. Selbstverständlich kannst du mit Ruhe gehen. Solange es nötig ist, vertrete ich dich. Also gehe mit Gott, mein liebes Kind! Hanno wird wohl gleich hinüberkommen, wenn er heimkehrt, und mir dann Nachricht bringen, wie es mit Onkel Joachim steht.«

Lia war dankbar, daß ihre Schwiegermutter ihre Pflichten übernahm. So konnte sie ruhig gehen.

Inzwischen wurde der Wagen angespannt, und als Lia abfahren wollte, kam Hanno an der Rampe vorgeritten. »Wo willst du hin, Lia?«

Sie gab ihm Bescheid.

Da sprang er vom Pferde, warf die Zügel einem Diener

zu und stieg zu ihr in den Wagen, so wie er ging und stand. »Ich begleite dich natürlich«, sagte er, ohne auf ihre Abwehr zu achten. Unterwegs sprachen sie nur von Onkel Joachim. Die Sorge um ihn drängte alles Persönliche vorläufig zurück.

In Niederlankwitz kamen sie zu gleicher Zeit mit dem Arzt an. Sie fanden Onkel Joachim in hohem Fieber. Er hatte einen sehr heftigen Anfall seines alten Leidens, und Lia wußte nun, daß sie sich für Wochen bereithalten mußte zu seiner Pflege.

Sie nahm sofort ihren Platz am Krankenbett ein, und Hanno kehrte allein nach Hause zurück.

Wochen der Angst und Sorge verbrachte Lia am Krankenlager Onkel Joachims. Währenddessen lebte Hanno mit seiner Mutter still und zurückgezogen in Oberlankwitz. Beide gingen auf in ihrer Arbeit. Und es gab zwischen Mutter und Sohn nur einen Gesprächsstoff: Lia.

Frau Alice erkannte in diesen Wochen erst recht, wie lieb und wert ihr Lia geworden war. Und noch etwas erkannte sie: daß Lia ihres Sohnes Lebensinhalt geworden war, daß sich all sein Sinnen und Denken, all sein Hoffen und Sehnen nur noch auf sie richtete, und daß es für ihn kein Glück mehr gab auf Erden, wenn es nicht Lias Züge trug.

Täglich ritt Hanno hinüber nach Niederlankwitz, um sich nach Onkel Joachims Befinden zu erkundigen und Lia, wenn auch nur für kurze Zeit, zu sehen.

Ach, was war es trotz allem für ein Labsal für ihn, in ihr liebes, stilles Gesicht blicken zu dürfen, aus dem jetzt die Sorge um Onkel Joachim alles Kalte und Abweisende gelöscht hatte.

Zuweilen kam auch Hannos Mutter herüber, und dann drang sie darauf, daß Lia einige Stunden ruhte, während sie am Krankenlager blieb.

So vergingen drei Wochen in schwerster Sorge um das Leben des Patienten. Aber endlich konnte der Arzt konstatieren, daß die schlimmste Gefahr abgewendet sei. Er machte aber kein Hehl daraus, daß noch eine lange Zeit bis zur völligen Genesung nötig sei.

Nur langsam und schrittweise ging es besser mit Onkel Joachim, aber er fand doch bald seinen guten Humor wieder. »Ich bin ja nur noch mal krank geworden, mein Kind, weil du es einem gar so behaglich machst«, meinte er eines Tages lächelnd zu Lia, als Hanno gerade wieder zu einem Krankenbesuch herübergekommen war. Er mußte an Onkel Joachims Bett sitzen und ihm vom Stand der Güter berichten. Der alte Herr hatte allerlei Aufträge für ihn, und Hanno mußte auch auf den Niederlankwitzer Feldern zuweilen nach dem Rechten sehen. »Es kann nichts schaden, wenn du auch in Niederlankwitz ein bißchen Bescheid weißt, mein Junge«, sagte der alte Herr.

Als Hanno Abschied nahm und draußen noch einige Minuten mit Lia allein war, fragte er: »Wann wirst du wieder nach Oberlankwitz zurückkehren, Lia?«

Sie sah ihn ernst und ruhig an. »Einige Zeit muß ich noch bleiben, aber sobald ich ohne Sorge um Onkel abkommen kann, kehre ich natürlich in meinen Pflichtenkreis zurück. Ich weiß ja, daß Mama sehr angestrengt ist.«

»Nicht darum fragte ich, Lia – aber du fehlst mir sehr«, sagte er leise, sie mit schmerzlich sehnsüchtigen Augen ansehend.

Sie erschrak vor diesem Blick. Dunkles Rot schoß in

ihr Gesicht. Sie schalt sich selbst darum aus. Was war es denn, das sie so erregte? Galt denn ihr dieser Blick? Um eine andere litt er ja, ihretwegen war er so schmal und blaß geworden und so ernst und still.

Und schnell wandte sie sich von ihm und ging in das Krankenzimmer zurück.

Am Nachmittag desselben Tages kam Hannos Mutter, um, wie jetzt zuweilen, ein Stündchen mit Onkel Joachim zu plaudern.

Sie hatte unterwegs Herrn von Bornheim getroffen, der zur Bahnstation gefahren war, um nach Wildungen zu reisen. Gräfin Susanna hatte depeschiert, daß ihr Gemahl gestern abend verschieden sei, und gebeten, Herr von Bornheim möge doch nach Wildungen kommen, um ihr bei den Vorbereitungen zur Beerdigung zur Seite zu stehen.

»Ich kann mir nicht denken«, schloß Frau Alice, »daß Gräfin Susanna über das Ableben ihres Mannes sehr betrübt ist. Sie ist nun Erbin eines großen Vermögens und jung und schön. Sicher wird sie ihr Leben jetzt ganz nach ihrem Willen gestalten.«

Onkel Joachim und Frau Alice achteten dabei nicht auf Lia. Sie saß stumm am Fenster und sah mit toten, leeren Augen hinaus. Ihr war zumute, als habe sie selbst ihr Todesurteil erhalten.

Gräfin Susanna frei! Frei für Hanno! Nun war plötzlich die Schranke gefallen, die zwischen ihm und ihr stand.

Ein würgendes Gefühl stieg in ihre Kehle. Sie erhob sich mühsam und verließ das Zimmer mit müden Schritten wie eine Kranke.

Und so ging sie in ihr Mädchenstübchen und brach dort vor einem Sessel nieder.

Susanna frei! Frei und reich! Nun war sie selbst überflüssig, nun brauchte Hanno sie nicht mehr. Gräfin Susannas ererbte Millionen gaben ihm die Unabhängigkeit! Ob er es schon wußte, daß die Geliebte seines Herzens frei war? Und ob er nun schon verzweifelt an der Kette rüttelte, die ihn an sie selbst band? Sie stöhnte auf wie zu Tode getroffen.

»Nun ist alles vorbei.«

Ein Schauer flog über sie hin. Dann richtete sie sich plötzlich jäh empor. »Nicht warten, bis er mich gehen heißt oder um seine Freiheit bittet. Täte er es, ich müßte sterben vor Scham.«

Dieser Gedanke trieb sie empor. Sie biß die Zähne zusammen und preßte die Hände aufs Herz. Eine wilde Entschlossenheit leuchtete aus ihrem Blick.

»Das wenigstens will ich mir und ihm ersparen«, sagte sie tonlos vor sich hin.

Es war einige Stunden später. Onkel Joachim hatte ein wenig geschlafen, und Lia hatte an seinem Bett gesessen und sich klarzumachen gesucht, was nun geschehen müsse. Als der alte Herr nun gestärkt erwachte, sich in seinen Kissen aufrichtete und nach der Zeitung verlangte, atmete Lia tief auf. Ihr Entschluß war gefaßt, und sie sagte leise: »Wenn du dich wohl genug fühlst, Onkel Joachim, dann möchte ich etwas mit dir besprechen.«

Er sah sie erstaunt an, denn sie machte sehr ernste Augen.

»Sprich nur ruhig, mein Kind, ich fühle mich so wohl, daß ich am liebsten noch heute aufstehen würde. Aber du weißt ja, wie folgsam ich diesmal bin. Es ist ja auch so behaglich, und ich habe dich einmal wieder ganz für mich. So egoistisch ist nun einmal der Mensch. Am liebsten behielte ich dich für immer hier. Aber nun sprich dich aus. Was hast du denn auf dem Herzen?«

Lia zögerte noch eine Weile, dann sagte sie, ihrer Stimme Festigkeit gebend: »Onkel Joachim, du sagtest mir eben, daß du mich am liebsten für immer hierbehalten möchtest. Und gerade darum wollte ich dich bitten. Ich – ich kann nicht nach Oberlankwitz zurückkehren, kann nicht mehr mit Hanno zusammenleben; es ist unmöglich!«

Der alte Herr lehnte sich betroffen in die Kissen zurück und sah Lia mit großen Augen an. »Kind, um Gottes willen –«

»Hat es dich sehr erschreckt, Onkel Joachim?« fragte sie besorgt und blaß bis an die Lippen.

Seine Augen ließen nicht von ihrem Gesicht. »Muß es denn sein?«

Sie nickte, dann sagte sie leise: »Ja – es muß sein.«

Der alte Herr sah eine Weile starr vor sich hin. Dann sagte er seufzend: »Und ich dachte, ihr beide lebtet so glücklich!«

Sie strich sich über die Stirn. »Nein, das war nie der Fall.«

»Hat dir Hanno etwas zuleide getan?«

»Nein, nein, Onkel, ihm darfst du nicht zürnen, er ist so wenig schuld wie ich.«

Der alte Herr faßte ihre Hand. »Sage mir nur eins, Lia: Liebst du Hanno noch? Du hast ihn doch geliebt?«

Ihr Gesicht wurde glühendrot, aber sie hielt seinen Blick aus. »Dir will ich es sagen, Onkel: Ja, ich habe ihn geliebt, und liebe ihn heute mehr als je. Darum gilt mir sein Glück mehr als das meine«, sagte sie fest.

»Und doch willst du von ihm gehen?«

»Ja, weil ich zwischen ihm und seinem Glück stehe.

Bitte, frag nicht weiter, ich kann nicht darüber sprechen. Zürne ihm nicht. Hilf mir nur, daß ich alles in Ruhe und Frieden ordnen kann, und dann laß mich bei dir bleiben.«

In Onkel Joachims Augen schimmerte es feucht. »Muß es wirklich sein, Lia? Ich frage dich noch einmal!« sagte er ernst.

»Ja, Onkel Joachim, ich tue nur, was ich muß.«

»Und was wird aus Oberlankwitz?«

»Du weißt ja, es ist bei Hanno jetzt in guten Händen, er ist ein anderer geworden.«

»Und wenn der Krieg, der schon lange droht, in nächster Zeit ausbrechen würde, und Hanno müßte mit?«

Lia sah den alten Herrn erschrocken an. »Onkel Joachim, hältst du das wirklich für möglich?«

»Es könnte sein. Was dann?«

Sie richtete sich auf. »Dann – Gott bewahre uns davor –, aber dann würde ich natürlich Oberlankwitz verwalten, bis Hanno wiederkehrt.«

»Und willst du nicht die Entscheidung verschieben, bis sich Deutschlands Schicksal entscheidet?«

»Nein, Onkel Joachim, es ist unmöglich, Hanno soll noch heute erfahren, daß er frei ist.«

»Nun denn – so tue, was du mußt.«

»Zürnst du mir, Onkel Joachim?«

Er strich über ihr Haar. »Ich wollte ja nur dein Bestes, mein Kind«, sagte er weich, »und hoffte dich und Hanno glücklich. Ihr schient mir füreinander geschaffen. Aber der Mensch ist machtlos, wenn das Schicksal spricht. Was ich tun kann, dir zu helfen, das tue ich natürlich. Das weißt du.«

Sie küßte seine Hand in tiefer Dankbarkeit. »Und nun will ich Hanno schreiben.«

Noch einmal hielt er Lia fest. »Stell es dir nicht so leicht vor, als geschiedene Frau durchs Leben zu gehen, mein Kind.«

Ein Lächeln spielte um ihren Mund, das ihm in die Seele schnitt. »Wenn ich nichts Schlimmeres tragen müßte, Onkel Joachim, das sollte mich wenig drücken.«

Langsam, mit müden Schritten ging sie hinaus.

Der alte Herr sah ihr nach. Er kannte Lia und wußte, daß sie alles mit sich allein auskämpfte. Ihr Entschluß traf ihn hart und wie ein Blitz aus heiterem Himmel.

Lia saß lange an ihrem Schreibtisch und überlegte, was sie Hanno schreiben sollte. Er durfte nicht ahnen, wie schwer ihr dieser Schritt wurde, sollte vielmehr glauben, es sei ihr freier Wunsch und Wille, sich von ihm zu lösen.

Und so schrieb sie endlich:

Lieber Hanno!

So schwer es mir wird, es muß einmal gesagt sein, ich kann nicht nach Oberlankwitz an deine Seite zurückkehren: Ich habe heute mit Onkel Joachim gesprochen und ihn gebeten, mich bei sich zu behalten.

Es wird sich irgendein Anlaß finden, um unsere Scheidung zu ermöglichen. Du besprichst das vielleicht mit Onkel Joachim. Ich gebe dir völlig freie Hand für die Durchführung.

Wir wollen ruhig und friedlich als gute Freunde scheiden, nicht wahr? Unsere Herzen sind ja an dieser Trennung so wenig beteiligt, als sie es an unserer Verbindung waren, die wenigstens das Gute gezeitigt hat, daß du mit Onkel Joachim wieder ausgesöhnt bist. Er weiß, daß wir uns beide bemüht haben, seinen Willen zu erfüllen, und sieht nun ein, daß er uns nur unerträgliche

Fesseln angelegt hat. Er willigt in unsere Scheidung.

Bitte komm erst nach Niederlankwitz, wenn du alles ruhig überlegt hast. Wir wollen dann wie gute, ehrliche Freunde über alle nötigen Schritte sprechen.

In herzlicher Freundschaft

Lia

Sie überlas diese Zeilen noch einmal, um zu prüfen, ob sie auch nichts von ihrem wahren Seelenzustand verrieten.

Dann schickte sie den Brief sofort mit einem Boten hinüber nach Oberlankwitz; Antwort sei nicht nötig, ließ sie sagen. Als der Bote fort war, sank sie haltlos in sich zusammen, als sei alles Leben in ihr erstorben.

Hanno begegnete dem Boten, als er von den Feldern, wo die Ernte in vollem Gang war, heimritt. Er nahm den Brief an sich und steckte ihn ein, da keine Antwort verlangt wurde. Er wollte Lias Zeilen erst lesen, wenn er in seinem Zimmer allein war. Sein Inspektor Brandner ritt neben ihm, und Hanno hatte eben die bedrohlichen Kriegsgerüchte mit ihm besprochen.

»Wir müssen alles daransetzen, die Ernte so schnell wie möglich hereinzubekommen«, sagte Hanno.

Brandner nickte ernst. »Jawohl, Herr Baron, das müssen wir. Gottlob steht die Ernte so gut wie seit langen Jahren nicht, wir können zufrieden sein. Nur noch wenige Tage, dann haben wir den letzten Halm herein.«

Sie waren zu Hause angelangt, und sich die Hände mit festem Druck reichend, trennten sie sich.

Eilig begab sich Hanno auf sein Zimmer, ließ sich in dem Sessel vor seinem Schreibtisch nieder, um sofort Lias Brief zu lesen.

Wie ein Riß ging es durch seine Seele. Er saß wie gelähmt und starrte auf das Schreiben nieder, das den letzten schwachen Hoffnungskeim in ihm tötete. Und dann sank sein Kopf vornüber, und mit einem Stöhnen barg er das Gesicht in den Händen.

So saß er noch, als seine Mutter bei ihm eintrat. Sie hatte vergeblich am Abendtisch auf ihn gewartet. »Mein Gott, Hanno, was ist dir?« fragte sie erschrocken, als er das blasse, verstörte Gesicht zu ihr emporhob.

Er richtete sich müde auf. »Lia will nicht wiederkommen, Mama! Sie will sich von mir scheiden lassen«, sagte er tonlos.

Frau Alice glaubte, nicht recht gehört zu haben. Fassungslos sank sie in einen Sessel. »Mein Gott! Was ist da geschehen?«

Hanno lächelte bitter. »Das Schicksal übt Vergeltung, Mama. Ich habe so oft mit der Liebe leichtsinnig gespielt, nun rächt sich die Liebe an mir. Sie liebt mich nicht, sie hat mich nie darüber im Zweifel gelassen. Nur auf Onkel Joachims Wunsch wurde sie meine Frau. Und nun ist ihr das Opfer doch zu schwer geworden; sie wird nicht nach Oberlankwitz zurückkehren. Und sie weiß nicht einmal, wie weh sie mir damit tut. Da lies selbst, was sie mir geschrieben hat.«

Die Mutter las den Brief, und dann flogen ihre Augen über das Papier hinweg in die Ferne, als sinne sie über etwas nach.

»Das ist mir unfaßbar, Hanno, das kann ja nicht sein! Lia muß wiederkommen; ich werde zu ihr gehen und ihr sagen, daß wir sie brauchen«, sagte sie endlich.

Hanno schüttelte den Kopf. »Das wird nichts nützen, Mama. Wir dürfen Sie nicht zwingen zu etwas, das ihr widerstrebt.«

Frau Alice sah versonnen vor sich hin. »Das alles verstehe ich nicht, werde es nie verstehen! Wie Lia sich hier aufgeopfert hat, das tut doch eine Frau nur, wenn sie das Herz dazu treibt. Ich muß mit ihr reden, muß mir Klarheit verschaffen. Heute ist es freilich zu spät; aber morgen, gleich morgen früh fahre ich hinüber.«

Sie suchte Hanno zu trösten, aber er schüttelte nur den Kopf und bat die Mutter, ihn allein zu lassen.

»Damit muß ich selber fertig werden, Mama«, sagte er mit tonloser Stimme. Und als sie gegangen war, schloß er sich ein. Nicht Speise und Trank nahm er zu sich. Auch sein Lager suchte er nicht auf in dieser Nacht. Der Schmerz um Lia rüttelte an der tiefsten Tiefe seines Wesens.

Seine Mutter erschrak am nächsten Morgen, als sie ihn wiedersah. Er sah elend und verfallen aus, wie nach einer schweren Krankheit.

Sie hatte ebenfalls in der Nacht wenig Erquickung gefunden und kaum geschlafen. Immer hatte sie an Hanno und Lia denken müssen, und ihr Entschluß, mit ihrer Schwiegertochter ein ernstes Wort zu reden, hatte sich noch befestigt.

Das Frühstück nahmen Mutter und Sohn schweigend ein. Und dann kam die Zeitung. Immer drohender umwölkte sich der politische Horizont; schon die nächsten Tage konnten die Entscheidung bringen.

Frau Alice freilich glaubte nicht an die Möglichkeit eines Krieges, wollte nicht daran glauben. Für sie gab es jetzt nur eins: das Glück ihres Sohnes zu retten, das auf dem Spiel stand.

Gleich nach dem Frühstück fuhr sie nach Niederlankwitz.

Hanno war bei den Zeitungen sitzengeblieben und las

noch einmal die neuesten Berichte. Dann legte er das Blatt aus der Hand, und ein tiefer Atemzug hob seine Brust.

Was war der eigene Schmerz gegen die Not, die ein Krieg brachte?

XIV

Als Frau Alice zu so ungewohnt früher Stunde in Niederlankwitz eintraf, fand sie Frau Wesemann am Krankenbett des alten Herrn. Er hatte Lia, die blaß und elend aussah, ein wenig ins Freie geschickt.

Mit ernstem Gesicht begrüßte er Frau Alice, und sie sahen sich forschend in die Augen.

Als Frau Wesemann gegangen war, sagte der alte Herr: »Nehmen Sie Platz, Alice. Mich dünkt, wir zwei haben heute ein schweres Herz. Drohender Krieg draußen und hier bei uns zwei junge Menschen, die nicht zusammenfinden können.«

Frau Alice setzte sich. »An den drohenden Krieg glaube ich noch nicht, Joachim. Größere Sorge machen mir die Kinder. Sie wissen doch wohl, daß Lia nicht zu Hanno zurückkehren und sich von ihm scheiden lassen will?«

Der alte Herr nickte. »Ja, Alice, Lia hat mir gesagt, daß es ihr fester Wille ist, und Sie können nicht betrübter darüber sein als ich.«

»So glauben Sie, daß Lia wirklich fest dazu entschlossen ist?«

»Das glaube ich, so schwer es mir fällt. Ich kenne Lia!«

Frau Alice seufzte bekümmert.

»Mein armer Hanno! Wenn Sie wüßten, Joachim, wie er von diesem Schlag bis ins tiefste Herz getroffen ist. Keinen Bissen hat er genossen seit gestern, und die ganze Nacht ist er in seinem Zimmer auf und ab gewandert. Er hängt ja mit allen Fasern an Lia. Ich hätte nie geglaubt, daß er derartig tief und ausschließlich für eine Frau empfinden könnte. Sie sollen sehen, Joachim, diesen Schlag verwindet er nie.«

Der alte Herr hatte ihr mit großen, erstaunten Augen zugehört. Nun richtete er sich plötzlich in seinen Kissen empor. »Was sagen Sie da, Alice? Glauben Sie das wirklich?«

Sie nickte energisch. »Lia ist ihm zum Lebensinhalt geworden. Es ist auch kein Wunder. Im Anfang galt sie ihm wohl nicht soviel. Aber von Tag zu Tag ist sie ihm mehr ans Herz gewachsen – und jetzt, du lieber Gott, Sie hätten ihn sehen sollen! Ganz verstört ist er. Es hat ihn bis ins Mark getroffen. Ich habe ja schon lange geahnt, daß etwas zwischen den Kindern nicht stimmt. Lia zeigte sich immer so kühl und gelassen. Nur manchmal sah ich auch in ihren Augen einen seltsamen Schein, und weil sie sich für Oberlankwitz so rührend aufopferte, dachte ich: Sie kann es nur nicht so zeigen, wie es ihr ums Herz ist, aber liebhaben muß sie Hanno doch. Und sehen Sie, Joachim, deshalb trifft es mich auch so unvorbereitet.«

Der alte Herr lauschte gespannt. Dann schüttelte er den Kopf. »Nein, Alice, die Sache liegt wohl anders. Lia liebt Hanno, sie hat ihn von jeher geliebt. Nur deshalb wollte ich ja ihr Glück begründen, dadurch, daß ich sie mit Hanno verheiratete. Und sie tat willig alles, um ihn vor dem Untergang zu retten. Nur weil sie glaubt, sie stehe jetzt zwischen ihm und seinem Glück, will sie sich scheiden lassen. Es muß da noch etwas spielen, was sie mir nicht anvertrauen will. Sicher denkt sie nur an ihn und sein Glück, nicht an das ihre, denn sie liebt ihn mehr als ihr Leben, das weiß ich von ihr selbst. Sie hat es mir gestern gesagt.«

Frau Alice fuhr empor. »Und Hanno liebt sie nicht minder!«

»Wissen Sie das genau?« forschte der alte Herr erregt.

»Gewiß – auch aus seinem eigenen Mund.«

Eine Weile sahen sich die beiden alten Herrschaften ratlos an, dann glitt über Onkel Joachims Gesicht plötzlich ein verstehendes Lächeln. Erleichtert sagte er: »Seltsam, Sie wissen, daß Hanno Lia liebt, und ich weiß, daß Lia Hanno liebt, und beide halten doch anscheinend ihre Liebe für unerwidert. Die Kinder müssen sich irgendwie in einen verhängnisvollen Irrtum verrannt haben. Und mir scheint, als habe das Schicksal uns beiden vorbehalten, diesen Irrtum aufzuklären.«

Nach eifriger Beratung kamen sie überein, daß Frau Alice sofort mit Lia sprechen und ergründen sollte, weshalb sie jetzt so plötzlich eine Scheidung verlangte. Und noch nie waren Joachim von Lankwitz und Frau Alice so eines Sinnes gewesen, wie in dieser Angelegenheit.

Als Lia aus dem Wald zurückkehrte, suchte sie Frau Alice sofort in ihrem Zimmer auf.

Lia sah ihr erschrocken entgegen. »Du hier, Mama?« fragte sie unsicher.

»Guten Morgen, Lia! Ja, du siehst mich heute in aller Frühe in Niederlankwitz. Ich warte schon fast eine Stunde auf dich, weil ich mit dir sprechen muß.«

Lia faßte sich schnell. »Bitte, nimm Platz, Mama!«

Sie setzten sich einander gegenüber. »Also, mein liebes Kind, ich bin gekommen, um dich zu fragen, warum du Hanno so weh tun willst und von ihm gehen? Hanno ist, seit er deinen Brief erhalten hat, vollkommen gebrochen. Mußt du ihm wirklich diesen großen Schmerz antun? Ist dir das Leben an seiner Seite so unerträglich?«

Es lag ein so beschwörender Ton in Frau Alices Stimme, daß Lia fast ungläubig zu ihr aufschaute, als fasse sie die Worte ihrer Schwiegermutter nicht. »Ich verstehe dich nicht, Mama. Mein Brief kann an Hannos Verfassung unmöglich schuld sein, er sollte ihn im Gegenteil als eine Erleichterung, als eine Befreiung empfinden, weil ich die Fesseln löse, die ihn schon längst gedrückt haben. Ich wollte es ihm leicht machen und wollte nicht warten, bis er mich bitten würde zu gehen und ihm seine Freiheit wiederzugeben.«

In Frau Alices Augen zuckte es auf wie dämmerndes Verstehen. »Hanno dich bitten, ihn freizugeben? Das hätte er nie getan!«

»Dann wäre es nur um so schlimmer gewesen, Mama.«

»Wie soll ich das verstehen?«

Lia strich sich über die Stirn. »Liebe Mama, mit dir kann ich ganz offen reden und brauche nichts zu verschweigen, wie vor Onkel Joachim. Ich nehme an, du bist einigermaßen orientiert, denn noch kurz vor unserer Hochzeit verrietest du durch deine Worte, daß du um Hannos Beziehungen zur Gräfin Korff wußtest. Damals hatte ich freilich noch keine Ahnung, wie ernst die Sache war. Ich glaubte höchstens an einen flüchtigen Flirt, wie ihn Hanno in jugendlichem Leichtsinn so gern anknüpfte. Erst als es schon zu spät war, erkannte ich, daß es sich hier um eine ernste, tiefe Leidenschaft handelte; eine Leidenschaft, die imstande war, Hannos ganzes Wesen zu vertiefen und zu festigen. Du wirst ja selbst bemerkt haben, wie sehr sich Hanno in den letzten Monaten verändert hat.«

»Ja, Lia, allein durch dich, seit du ihm die treue Kameradin und Gefährtin seines Lebens geworden bist«, fiel ihr Frau Alice mit Nachdruck ins Wort.

Lia schüttelte traurig den Kopf. »Nein, nein, da irrst du, Mama. Die Liebe zur Gräfin Susanna hat ihn so gewandelt. Nur weil er wußte, daß sie ihm unerreichbar war, ließ er sich in seiner Not bereit finden, mir seine Hand zu reichen. Aber nun ist ihr Gatte tot, und sie ist frei für ihn. Ich allein stehe noch als Hindernis zwischen den beiden. Und weil ich das weiß und Hanno ersparen will, daß er mich um seine Freiheit bitten muß, deshalb schrieb ich ihm, daß er frei sein soll.«

Frau Alice sah kopfschüttelnd in Lias blasses Gesicht. Sie fühlte es, wie mühsam sie sich beherrschte.

Zärtlich strich sie über Lias Scheitel. »So, so! Das also war es, mein Kind, was dich bewog, Hanno freizugeben?«

»Ja, Mama, das war der Grund.«

»Aber, mein liebes Kind, da bist du doch in einem großen Irrtum befangen. Möglich, daß Hanno mit Gräfin Susanna geflirtet hat, ich bin sogar überzeugt davon. Aber ich weiß, daß es nur ein flüchtiges Spiel war, daß Hanno –«

Lia schüttelte wieder schmerzlich lächelnd den Kopf. »Da bist du abermals im Irrtum, Mama«, unterbrach sie Frau Alice. »Ich will dir sagen, was ich bisher keinem Menschen anvertraut habe: Am Tag unserer Vermählung suchte ich kurz vor unserer Abreise im Zimmer Tante Marias für einen Augenblick Ruhe und Einsamkeit. Und als ich dort saß, hatte Hanno in einem nur durch eine leichte Wand getrennten Nebenzimmer ein

Rendezvous mit Gräfin Susanna. Sie nahmen voneinander Abschied. Was ich da, ohne es zu wollen, hören mußte –« Sie brach ab und schlug in Schmerz und Scham die Hände vor ihr Anlitz.

Frau Alice zuckte zusammen. Aber dann schüttelte sie den Kopf. »Liebes Kind, das mag dir wohl furchtbar geklungen haben. Aber die Gräfin ist eine sehr temperamentvolle Frau, und Hanno wird Mühe genug gehabt haben, sie zu beruhigen und einen Eklat zu vermeiden. Ich gebe dir mein Wort darauf: Hanno hat niemals daran gedacht, die Gräfin zu heiraten, und sicher bestehen keinerlei Beziehungen mehr zwischen ihnen.«

Lia hob den Kopf und schüttelte ihn traurig. »Auch darin irrst du leider, Mama. Vor kurzer Zeit erst, einige Tage vor der Doppelhochzeit in Bornheim, ach, laß mich davon nicht reden, laß dir von Hanno selbst erzählen, was da geschehen ist. Ich wurde abermals Zeugin einer Szene, die mir bewies, daß Hanno und die Gräfin sich noch in gleicher Weise lieben. Sie werden beide glücklich sein, wenn ich ihnen den Weg freigebe. Graf Korff ist tot, und ich trete freiwillig von einem Platz zurück, den ich in Wahrheit nie eingenommen habe.«

Frau Alice sah ratlos vor sich hin. Daß Hanno nur Lia liebte, wußte sie mit Gewißheit. Aber sie sagte sich, daß sie jetzt nichts weiter tun konnte. Hanno mußte nun selber seine Sache bei Lia führen.

»Ich kann mir nicht erklären, mein liebes Kind, wie das alles zusammenhängt. Nur das weiß ich gewiß, daß Hanno die Gräfin nicht liebt, daß er nicht daran denkt, sie zu heiraten, und daß er völlig gebrochen ist, weil du dich von ihm trennen willst. Hättest du ihn gestern gesehen, nachdem er deinen Brief erhalten hatte, du würdest ganz anders über das alles denken. Nur eins frage ich dich noch: Willst du die Scheidung deinetwegen oder Hannos wegen?«

Lia sprang auf und wandte sich ab, um das Zucken ihres Gesichts zu verbergen. »Ich bitte dich, Mama, erlaß es mir, dir diese Frage zu beantworten. Ich habe getan, was ich tun mußte. Und nach allem, was ich dir sagte, wirst du mich verstehen und wirst mir nachfühlen können, wie ich unter dem allen leide.«

Frau Alice erhob sich. »Mein liebes Kind, ich sehe, daß es zwecklos ist, noch ein Wort zu verlieren. Hanno allein kann hier Klarheit schaffen. Ich habe Eile, heimzukommen, und bitte dich, mich bei Onkel Joachim zu entschuldigen. Und nun leb wohl!«

»Leb wohl, Mama, und zürne mir nicht!«

Frau Alice schloß Lia fest in ihre Arme. »Dir zürnen, du großes, wunderliches Herz, o nein, wenn du auch sehr, sehr töricht bist. Lieb habe ich dich doch, jetzt mehr denn je.«

Sie küßte Lia herzlich und eilte hinaus. »Ich habe Eile, Karl!« rief sie dem Kutscher zu. »Fahren Sie zu, an dem Karauschenteich an den Oberlankwitzer Feldern vorbei.«

Dort wußte sie ihren Sohn bei den Erntearbeiten. Sie mußte ihn sofort sprechen, sie konnte die Zeit kaum erwarten. Endlich tauchten die Felder auf, wo die Leute in fieberhafter Tätigkeit waren.

»Wo ist der Herr?« fragte sie eine Gruppe Arbeiter, den Wagen langsam fahren lassend.

Sie deuteten seitwärts zum Waldrand.

Frau Alice ließ halten und winkte Hanno mit dem Taschentuch zu.

Da kam er schnell herbei. In seinem Antlitz lag der Schmerz wie eingegraben.

»Was ist, Mama? Du kommst von Lia?«

»Ja, mein Sohn. Ich bringe gute Botschaft.«

»Von Lia?«

Wie ein Schrei brach es aus seiner Brust. »Ja, von Lia.«

»Sprich rasch, Mama!«

»Kannst du nicht mit mir fahren?«

Hanno sah über die Felder hin. »Nur einen Augenblick, Mama! Ich will nur zu Brandner hinüberreiten und ihm Bescheid sagen. Wir sind hier bald fertig. Es eilt zwar, aber ich muß hören, was du mir bringst. Ist es wirklich eine gute Nachricht von Lia?«

»Die beste.«

»Sie kommt wieder?« fragte er, die brennenden Augen auf die Mutter heftend.

»Wenn du sie selbst bittest, gewiß.«

Da wandte er sein Pferd, um dem Inspektor die nötigen Anweisungen zu geben. Als es geschehen, übergab er sein Pferd einem der Knechte und kehrte zu Fuß zum Wagen, den seine Mutter inzwischen hatte schließen lassen, zurück, und nahm neben ihr Platz. Sein Herz schlug zum Zerspringen.

»Nun sprich!« drängte er ungeduldig.

Die Mutter faßte seine Hände. »Also, das Wichtigste zuerst, Hanno. Lia liebt dich, liebte dich längst, ehe sie deine Frau wurde, und liebt dich heute mehr denn je.«

Er zuckte zusammen. In sein Gesicht schlug eine rote Flamme. »Nein, das kann nicht sein, Mama, wecke nicht unerfüllbare Hoffnungen in mir!« stieß er hervor.

»Es ist die Wahrheit, mein Sohn, du wirst von Lia unsagbar geliebt.«

Seine Hände zitterten, seine Augen bohrten sich verzehrend in ihr Gesicht. »Wer hat dir das gesagt? Doch nicht Lia selbst?«

»Nein, Onkel Joachim.«

»Er wird sich irren«, sagte Hanno traurig.

»Nein, nein, Lia hat es ihm selbst gesagt. Und sie will sich nur von dir scheiden lassen, weil sie fürchtet, dir eine Fessel zu sein, zwischen dir und Gräfin Susanna zu stehen. Sie sagte mir: ›Ich will nicht warten, bis er mich selbst darum bittet, ihn freizugeben.‹ Sie ist fest davon überzeugt, daß du die Gräfin liebst. Sie war unglückseligerweise an eurem Hochzeitstag Zeugin deines Rendezvous mit der Gräfin.«

Hanno war sehr blaß geworden. »Deshalb also? Das war es?« sagte er verzweifelt.

Blitzartig wurde ihm alles verständlich. Mit einem Mal sah er Lias schroffes, kaltes Wesen, ihren abweisenden Stolz in einem anderen Licht. Das also war der Grund, weshalb sie jede Zärtlichkeit von ihm wie einen tödlichen Schimpf empfunden. Er barg das Gesicht in den Händen, und wie ein Schluchzen brach es aus seiner Brust. Wie mochte sie gelitten haben in ihrer stolzen Reinheit?

Die Mutter strich ihm über den geneigten Kopf. »Siehst du nun klar, mein Sohn?«

Er nickte – und dann beichtete er der Mutter alles, was geschehen war. Wie ein Strom, der seine Dämme zerrissen hat, so drängten seine Worte über die Lippen, und es war ihm eine Wohltat, sich die Last von der Seele zu wälzen.

»Und was geschah dann in Bornheim, einige Tage vor der Hochzeit?« fragte die Mutter weiter.

Da erzählte ihr Hanno hastig von der Szene im Wintergarten und von seinem folgenden Bruch mit der Gräfin. »Lia hat wohl die Situation falsch gedeutet«, schloß er. »O, nun verstehe ich alles – alles. Und wenn sie mich wirklich liebt – ach, Mutter, Mutter, dann kann noch alles gut werden.«

Frau Alice lächelte mit feuchten Augen und streichelte seine Hände. »Ja, sie hat dich trotz allem liebbehalten, mein Sohn.«

Hanno zog die Mutter erregt in seine Arme. »Und nun soll mich nichts halten, noch in dieser Stunde zu Lia zu eilen und sie mir zurückzugewinnen.«

In großer Unruhe ging Lia zu Onkel Joachim hinüber, der sich gerade von Frau Wesemann aus der Zeitung vorlesen ließ.

»Nun, Kind, hast du deine Schwiegermutter noch gesprochen«, fragte er gespannt, während Frau Wesemann die Zeitungen zusammenlegte.

»Ja, Onkel Joachim. Sie hatte jedoch Eile, heimzukommen, und bat mich, sie bei dir zu entschuldigen. Soll ich dir jetzt weiter aus den Zeitungen vorlesen?«

Er schüttelte den Kopf. »Nein, Kind. Ich bin müde und möchte ruhen. Du könntest gut noch ein wenig ins Freie gehen, du siehst mir so blaß aus. Ich werde ganz friedlich schlummern, und wenn ich jemand brauche, dann klingle ich. Geh ruhig noch ein bißchen in den Wald und sieh, daß du dir wieder rote Wangen holst.«

Lia richtete ihm sorglich die Kissen zum Schlafen und reichte ihm erst noch seine Medizin. Leise streichelte er ihre Wangen.

Sie kämpfte mit den Tränen und küßte seine Hand. Dann ging sie still hinaus, nahm ihren großen Schutzhut und schritt dem Wald zu. Langsam verfolgte sie den schattigen Weg bis zu der Bank unter der großen Eiche. Dort ließ sie sich nieder, legte den Hut neben sich und schloß die Augen.

Ganz still war es ringsum. Alles war draußen auf den Feldern, um den Erntesegen einzuholen. Sonst hätte Lia um die Erntezeit um keinen Preis müßig gesessen. Aber heute fühlte sie sich so matt und müde, so unfähig zu jeder Arbeit. Ihre Gedanken kreisten wirr durch ihren Kopf, sie konnte sie nicht festhalten. Nur einer kehrte immer wieder: Warum ist Hanno verzweifelt und unglücklich, trotz seiner Freiheit?

Die Vögel sangen in den Zweigen, ab und zu fiel schon ein welkes Blatt, sonst Stille ringsumher. Und Lia hielt die schmerzenden Augen geschlossen, um nichts zu sehen von der sommerlichen Welt, die im Sonnenglanz vor ihr lag.

Da klang plötzlich durch die Stille der schnelle Hufschlag eines Pferdes. Lia glaubte, der Inspektor kehre vom Feld heim. Sie wunderte sich nur über die scharfe Gangart des Tieres; aber als sie aufblickte, sah sie, daß nicht der Inspektor, sondern Hanno der Reiter war.

Wie ein Schlag durchzuckte es sie. Sie richtete sich auf und machte eine Bewegung, als ob sie fliehen wollte. Aber da war er schon dicht vor ihr und parierte das Pferd.

»Lia!«

Welch ein sehnsüchtiger, zitternder Ruf war das, der seltsam an ihr Herz rührte?

Im nächsten Augenblick sprang er aus dem Sattel, schlang die Zügel um einen Ast und eilte auf Lia zu. Seine Augen suchten die ihren mit einem flehenden Blick. Und wie sie nun scheu zu ihm aufsah, zwang es ihn zu ihren Füßen nieder. Leidenschaftlich umschlang er ihre Gestalt und barg sein Antlitz in ihrem Schoß.

»Lia! Lia!« kam es noch einmal flehend von seinen Lippen.

Einen Moment wallte der herbe Stolz in ihr auf, und sie wollte sich aus seinen Armen befreien. Da hob er den Kopf und sah sie an mit einem Ausdruck, den sie noch nie an ihm gesehen hatte.

Und nun brach es von seinen Lippen wie ein Strom: »Nein, geh nicht von mir, Lia, ich flehe dich an, du mußt mich hören! Du mußt! Ich liebe ja nur dich, Lia! Nie habe ich ein Weib geliebt wie dich. Alles andere war ja nur ein flüchtiger Rausch. Du allein hast mich die wahre, echte Liebe gelehrt. Was habe ich um dich gelitten! Hast du denn nie gefühlt, daß ich den Staub unter deinen Füßen hätte küssen mögen, weil er mir heilig war? Hast du denn nie gefühlt, wie meine Seele nach dir schrie in heißer Not? Nein, ich glaube nicht mehr an diesen kalten Stolz, der mich so namenlos gemartert hat, seitdem du meiner Mutter gegenüber dein Schweigen brachst. Nun weiß ich endlich, was uns trennt.«

Einen Augenblick hielt er inne, dann fuhr er noch erregter fort: »Ich warb um dich mit jedem Atemzug und litt Qualen der Eifersucht schon in Heluan, weil ich glaubte, daß du Lothar Brinkenau liebtest. Ach, Lia, ich habe tausendfach gebüßt, was ich je im Leichtsinn gefehlt habe.«

Sie wollte ihn unterbrechen, aber er litt es nicht. Von Gräfin Susanna sprach er, und vor Lias Augen lösten sich plötzlich all die verwirrten Fäden. Sie begann zu ahnen, wie tief Hanno im letzten Jahr gelitten haben mußte, wie unrecht sie ihm getan hatte, ohne es zu wollen.

Sie fühlte, wie wohl es ihm tat, sich nun endlich rückhaltlos aussprechen zu können. Wie ein Alp löste es sich von seiner Brust, als er nun schloß:

»Ja, Lia, jetzt weiß ich es, daß du mich liebst, daß all dein unerbittlicher Stolz nur eine Wehr und Waffe war gegen dein eigenes Herz. Und weil ich das weiß, könnte ich glücklich sein, wenn ich nur eins wüßte, daß du mir verzeihst. Willst du es tun, willst du vergessen, was ich tat, ehe ich durch dich die echte, wahre Liebe fand? Ich lasse dich nicht, bis du selbst mir sagst, daß du mich liebst!«

Wie ein heißer Strom war seine Rede über Lia hingebraust. Sie saß wie gelähmt und trank doch jedes seiner Worte wie die Verheißung eines großen überwältigenden Glücks.

Und als er nun mit einem tiefen Atemzug schwieg und sie noch fester umschloß und zu ihr aufsah mit flehenden Augen, da rann es wie ein Schauer über sie dahin. Seine Augen sagten ihr tausendmal mehr als seine Worte. Und ihr Blick wurde weich, ihre Lippen zuckten, und ein tiefes Rot färbte ihre Wangen. Sie wehrte ihm nicht mehr, und in ihren Augen leuchtete ein Glücksschein, der ihm die Seele mit Wonne füllte.

»Sag mir ein einziges Mal, Lia, daß du mich liebst!«

Da schlang sie die Arme um seinen Hals und sagte leise:

»Ja, ich liebe dich, Hanno! Ich habe dich geliebt mit tausend Schmerzen, obwohl ich dich verloren gab. Und all mein Stolz, ach Hanno, er hat mich selbst am tiefsten gequält, und noch ist mir alles unfaßbar, wie ein Traum.«

Sie hatte sich zu ihm hinabgebeugt, und ihre Lippen fanden sich im ersten heißen Kuß der Liebe.

Onkel Joachim mußte lange warten, bis Hanno und Lia den Weg zu ihm heimfanden. Aber als sie eintraten, Hand in Hand, mit leuchtenden Augen, zwei Glückliche, da faltete der alte Herr ergriffen seine Hände.

»Nun hat unser Herrgott doch wohlgemacht, was ich so stümperhaft begonnen«, sagte er bewegt.

Lia neigte sich zu ihm herab und küßte ihn. »Onkel Joachim, lieber Onkel Joachim!« war alles, was sie zu sagen vermochte.

Er strich ihr über das Haar. »Ist nun alles gut und klar, mein Kind?«

»Ja, Onkel Joachim, alles. Ich war ja so töricht!«

Der alte Herr nickte lächelnd. »Ja, ja, mein Kind, du hast eins nicht bedacht, daß so eine echte, rechte Frauenliebe Wunder tun kann.«

Er küßte sie innig.

Eine Stunde später ritten die beiden Glücklichen Seite an Seite nach Oberlankwitz zurück. Sie ließen die Pferde im Schritt gehen, denn sie hatten einander so viel zu sagen.

Als Frau Alice von der Gartenterrasse aus die beiden sah, da ahnte sie wohl, daß zwei Herzen, die unter Irrung und Wirrung gesucht, einander nun für immer gefunden hatten. Zur Gewißheit aber wurde es ihr, als Hanno seine Frau aus dem Sattel hob und sie nicht von sich ließ, sondern auf starken Armen glückstrahlend über die Schwelle seines Hauses trug und ihr dabei zuflüsterte: »Nun halte ich dich für immer an meinem Herzen, du mein Kleinod, nur dich allein!«